UMA EVANGÉLICA NO *Além*

MAURÍCIO DE CASTRO

UMA EVANGÉLICA NO *Além*

PELO ESPÍRITO
HERMES

intelítera

Uma evangélica no além
Copyright© Intelítera Editora

Editores: *Luiz Saegusa e Claudia Zaneti Saegusa*
Direção Editorial: *Claudia Zaneti Saegusa*
Capa: *Rebecca Barboza*
Imagem da Capa: *Shutterstock - Tithi Luadthong*
Projeto gráfico e diagramação: *Casa de Ideias*
Revisão: *Rosemarie Giudilli*
2ª Revisão: *Clara Tadayozzi*
4ª Edição: *2023*
Impressão: *Lis Gráfica e Editora*

intelítera
editora

Rua Lucrécia Maciel, 39 - Vila Guarani
CEP 04314-130 - São Paulo - SP
11 2369-5377
www.intelitera.com.br - facebook.com/intelitera

Dados Internacionais de Catalogação na Publicação (CIP)
(Câmara Brasileira do Livro, SP, Brasil)

```
Hermes (Espírito).
   Uma evangélica no além / pelo espírito Hermes ;
[psicografado por] Maurício de Castro. -- São Paulo :
Intelítera Editora, 2019.

   ISBN 978-85-63808-98-1

   1. Espiritismo 2. Psicografia 3. Romance espírita
I. Castro, Maurício de. II. Título.
```

19-28602   CDD-133.9

Índices para catálogo sistemático:

1. Romance espírita psicografado : Espiritismo   133.9

Cibele Maria Dias - Bibliotecária - CRB-8/9427

Prefácio

Este livro é muito diferente de tudo o que Hermes escreveu antes. A história, embora profunda e esclarecedora, é narrada de forma simples e toca o mais profundo de nosso ser.

Ele me explicou que esta história real não havia sido escrita por ele, mas pelo espírito de Jéssica, a protagonista do romance, cuja amizade ele granjeara no mundo espiritual e ela, sabendo de seu trabalho como escritor na Terra, pediu que ele contasse sua história.

Hermes sentiu-se tocado pelo pedido e perguntou o porquê de ela querer publicar a sua história. E Jéssica respondeu:

– As religiões, embora possuam funções nobres na Terra, têm levado muitos à separação, ao fanatismo, a intolerância e ao preconceito. Estão sendo preparadas verdadeiras guerras pelo plano astral inferior, e para isso esses espíritos contrários ao bem, tentarão utilizar o fanatismo da maioria para dizimar a muitos no planeta. Precisamos tentar fazer alguma coisa. É um trabalho pequeno, eu sei, mas quero ter a consciência tranquila de que fiz minha parte. Quero que todos reflitam que a verdadeira religião é o amor incondicional, a fraternidade universal e a caridade sincera que deve envolver todos os seres humanos. Desejo mostrar que, para Deus não importa a religião, mas sim fazer o bem e seguir suas leis de amor e justiça.

Tocado por aquela reflexão, Hermes pediu que ela escrevesse o livro e o entregasse para que ele o passasse a mim. Assim aconteceu. Poucos dias depois Jéssica estava com o livro pronto, entregou para Hermes que o passou para mim num período de um mês e três dias.

Está aí mais uma obra.

Senti-me muito bem ao escrevê-la e aprendi muito.

Espero que você, amigo leitor, possa, assim como eu, apaixonar-se por Jéssica, esse espírito tão encantador que na Terra foi evangélica, mas aprendeu, no mundo espiritual, o que é a verdadeira religião e bondosamente voltou para contar.

Ao final, tenho a esperança que você possa entender melhor a religiosidade do espírito e a necessidade de romper com as barreiras do convencional e se abrir para Deus, em espírito e verdade, sem necessidade de separação, fanatismo ou intolerância, afinal todos nós somos filhos de um mesmo Pai e, como disse Jesus, um dia seremos "um só rebanho com um só Pastor".

Maurício de Castro

Sumário

Nova realidade 11

A decisão de Jéssica 25

Jéssica de volta para casa 47

Descobertas decepcionantes 61

Jéssica é confundida com o demônio 71

Explicações de Telma 83

Evangélicos dormindo 95

A ala dos ovoides 109

A nova chance de Elias 117

O plano 125

Religiosos em sofrimento 135

A cada um segundo suas obras 153

Evangélicos por amor 167

A lei de causa e efeito se cumpre 179

A grande surpresa 191

Jéssica relembra o passado 201

Epílogo 211

Nova realidade

O quarto, de paredes em tom azul-celeste, possuía pequeno guarda-roupa na cor branca com detalhes prateados, um criado-mudo, onde estava depositado um vaso de cristal com um líquido verde, e uma cama simples de solteiro, onde uma jovem, de aproximadamente trinta anos, dormia profundamente.

Tudo no ambiente transparecia harmonia e paz. Podia-se ouvir música suave, mas não se sabia exatamente de onde vinha.

A porta do quarto abriu-se, e entraram um senhor de meia-idade e uma linda moça em trajes diáfanos.

Telma dirigiu-se à janela e a abriu, enquanto o senhor examinava a paciente. Da janela via-se belíssimo jardim, onde a grama verde, misturada a plantas variadas e flores de diversos matizes, exibia sua beleza, deixando brisa suave e perfumada invadir todo o ambiente.

Telma aspirou profundamente aquele delicioso aroma, abriu os braços, fitou o horizonte e, pensando em Deus, orou:

– Querido Pai de infinita bondade! Como é bom viver! Como é bom ser feliz! Como é maravilhosa a oportunidade de servir ao semelhante. Eu te louvo, Senhor dos mundos, por tua sabedoria e misericórdia.

Telma sentiu uma onda inebriante de felicidade a lhe percorrer o corpo. Ao constatar que a amiga havia terminado a prece, Jaime tocou de leve seu braço: – Acabei de examinar Jéssica com profundidade, chegou o momento de despertá-la.

Telma sorriu. – Senti isso quando vínhamos para cá. Afinal, são mais de vinte anos adormecida.

– O Plano Maior avaliou seu caso e, a pedido de sua avó, um espírito luminoso que reside em planos mais elevados, atendeu a seu pedido. Então, vamos aos procedimentos.

Telma, muito equilibrada, já sabendo o que fazer, postou-se ao lado esquerdo da cama, enquanto Jaime postava-se do lado direito. Fecharam os olhos e, com mãos espalmadas sobre o corpo de Jéssica, entraram em prece. Em poucos minutos, de suas mãos começaram a sair energias que foram penetrando lentamente na cabeça e no coração da assistida.

Jaime disse em voz alta:

– Acorde, Jéssica! Deus a está chamando para ser mais uma trabalhadora de sua seara. O tempo das ilusões já passou, é hora de acordar para as verdades da Vida e ser feliz.

O rosto pálido da jovem foi, aos poucos, adquirindo a cor normal. Sua respiração, antes fraca, começou a se fortificar, mas seus olhos não se mexiam.

Com breve sinal, Jaime pediu que Telma continuasse com o processo de magnetização e continuou a falar:

– Jéssica, Deus a quer acordada e conosco. Lembra o que Jesus disse, que o Pai Celestial trabalha até hoje? Se Deus não cessa de trabalhar, quem somos nós para vivermos na inutilidade? Você sempre seguiu o Evangelho e gostava muito de obedecer às leis de Deus. Pois, é esse mesmo Deus, o Deus de Abraão, Isaac e Jacó que a chama à tarefa do bem.

Aquelas palavras pareceram ter efeito profundo no subconsciente da jovem. Seus olhos começaram a se abrir com dificuldade e, aos poucos, ela foi compreendendo que estava em um quarto, com duas pessoas ao seu lado.

Ainda sonolenta perguntou:

– Quem são vocês? O que estou fazendo aqui?

Jaime, ao notar que sua ação magnética surtira efeito, e Jéssica despertava com lucidez, respondeu:

– Somos amigos, e você está em um hospital.

– Hospital? O que aconteceu comigo? – ela pareceu se assustar.

– Não se recorda? Faça um pequeno esforço – Telma, olhando-a com amor, questionou.

Jéssica fechou os olhos e, depois de alguns minutos concentrada, gritou:

– Meu Deus, o acidente! Eu e meu marido estávamos no carro quando ele perdeu a direção, capotou e... Jéssica parecia desfalecer ao rememorar os instantes de sua desencarnação. Contudo, Jaime e Telma mantinham as mãos sobre seu corpo, enviando-lhe energias revigorantes. Ela foi reagindo, até que disse: – O carro capotou várias vezes e caiu do alto de um barranco. Como posso ainda estar viva?

Jaime, com paciência e bondade, puxou singela cadeira e sentou-se ao seu lado. Acariciando suas mãos geladas, ele tornou:

– Você não morreu naquele acidente, teve traumatismo craniano e ficou vários dias em coma. Morreu quatro dias depois.

– Morri? Como assim? – Jéssica assustou-se.

– Você desencarnou em consequência do traumatismo. Seu corpo físico não resistiu.

– Isso só pode ser uma brincadeira. Quem é você para me dizer uma coisa tão horrível e mentirosa como esta?

Telma tentou acalmá-la.

– Não é mentira. Você desencarnou e foi conduzida para cá. Seu marido Gabriel escapou sem maiores complicações e seu filhinho Elias, na época com quatro anos, também não teve nada além de algumas pequenas escoriações. Só você voltou ao mundo espiritual.

Jéssica começou a sorrir. Riu muito e depois disse:

– Eu já sei, vocês estão querendo brincar comigo. Tudo bem, eu aceito a brincadeira, mas agora quero sair daqui, voltar para casa, ver meu marido e meu filho. Você disse que aqui é um hospital, pois bem, quero falar com o médico que me atendeu e pedir que me dê alta. Estou me sentindo ótima e não há mais razões para ficar aqui.

Jaime tornou:

– Eu sou o médico que cuidou de você até hoje e, infelizmente, ainda não posso liberá-la para que volte para casa. Quando estiver preparada, poderá ver os seus familiares.

– Você é médico? Cadê o jaleco, os instrumentos, a maleta?

– Sou um médico diferente. Digamos que eu seja um médico da alma.

– Devo estar num hospício, então. Foi isso. Tive alguma crise nervosa e me internaram – Jéssica começou a chorar. – Por que fizeram isso comigo? Jesus, sempre fui fiel, eu não precisava de uma clínica de loucos. Nunca fui desequilibrada. O temor do Senhor sempre me deu muito equilíbrio. O que realmente me aconteceu? Por que estão fazendo essa brincadeira tão sem graça comigo dizendo que morri?

Um olhar de Jaime para Telma foi o suficiente para que ela entendesse, pois ambos se comunicavam pelo pensamento.

– Jéssica querida, eu quero que você escolha um vestido bem bonito e o coloque. Vamos dar uma volta no jardim. O parque hospitalar é lindo e há jardins belíssimos onde você poderá respirar ar puro e se sentir melhor.

– Não é isso que quero – respondeu Jéssica, tentando controlar as lágrimas que caíam teimosas sobre sua face. – O que quero é sair daqui ou falar com meu marido. Onde tem um telefone que eu possa usar?

– É melhor se acalmar, dar uma volta com Telma no jardim e depois voltaremos a falar sobre isso. Posso garantir que ninguém está mantendo você prisioneira aqui. Poderá sair quando quiser, mas antes teremos muito que conversar. Só aí você tomará sua decisão. Vá passear, respirar ar puro, quando voltar, conversaremos.

Vendo que não havia alternativa, Jéssica resolveu aceitar. Levantou-se com dificuldade e, auxiliada por Telma, abriu o guarda-roupas. Ficou feliz ao ver que todas as roupas que ela mais gostava estavam ali. Sentiu-se segura, pois, se suas roupas estavam naquele lugar, era porque tinham sido trazidas por seu marido ou por seus pais e, então, estava certa de que se tratava de um lugar seguro. O que ela não conseguia entender era a razão daquelas duas pessoas estarem afirmando que ela estava morta. Não tinham cara de brincalhões nem de loucos. Deveriam estar fazendo algum teste psicológico com ela. Com certeza, não se deixaria enganar.

Escolheu um vestido longo azul, bem a seu gosto, penteou os cabelos e os prendeu com uma bonita presilha prateada. Jaime sorriu, abriu a porta do quarto, e Telma, dando o braço a Jéssica, conduziu-a por um longo corredor.

Jéssica percebeu que se tratava de um hospital, de um bom hospital. Tudo muito asseado e organizado, e aqueles que pareciam ser os enfermeiros e médicos se mostravam alegres e simpáticos.

Quando saíram, ela admirou a fachada do enorme prédio e disse:

– Nunca vi este hospital. Não estamos em São Paulo, não é?

Telma sorriu.

– Não. Estamos muito longe de lá agora.

– Em que cidade nós estamos?

– Em Campo da Paz.

– Nunca ouvi falar. É no interior de São Paulo?

Telma, orientada e sabendo o que exatamente poderia falar, tornou:

– Não é no interior de São Paulo. Esta cidade está localizada fora da crosta terrestre.

Jéssica, achando que era uma jogada psicológica, riu.

– A única cidade que conheço que está fora da Terra é a Nova Jerusalém.

– A Nova Jerusalém é uma delas, mas existem outras. Você conhece a Bíblia muito bem, sabe que Jesus afirmou que na casa do Pai há muitas moradas.

Jéssica calou-se, aquela moça falava muito seriamente. Seria mesmo um jogo psicológico ou ela estava passando por uma situação inusitada que não compreendia muito bem?

Ao perceber que Jéssica pretendia fazer outras perguntas, Telma desviou-lhe a atenção.

– Veja que belíssimo jardim, todo de tulipas.

O que Jéssica viu à sua frente parecia a visão do paraíso. Um imenso jardim de tulipas amarelas e vermelhas a perder-se de vista mostrava sua exuberância, enquanto borboletas belíssimas, as quais ela nunca tinha visto, bailavam sobre ela, pousando vez por outra.

Havia muitas pessoas no jardim. Algumas lidando com as plantas, outras cavoucando a terra, enquanto outras brincavam com lindos gatinhos, coelhos e cachorros.[1]

Seu maior espanto foi quando viu um rapaz, montado num lindo cavalo de raça, cavalgando alegremente por uma campina verde ao lado do enorme jardim. Não se conteve.

---

[1] Nota da Editora – Segundo Allan Kardec, a manifestação de um animal no mundo espiritual é fruto de criações mentais, formas-pensamento.

— Você não disse que aqui é o jardim de um hospital? Como pode deixar os doentes saírem por aí desse jeito?

— Aqui é uma área que chamamos de parque hospitalar. Nem todos os doentes que aqui estão precisam ficar nos quartos. Nosso tratamento aqui é diferente. Não usamos remédios como na Terra, nossa medicina é toda vibracional e psicológica. Usamos medicamentos líquidos apenas, mas que servem de reparadores de energias.

Jéssica não entendeu muito, mas resolveu não perguntar. Resolveram sentar na grama farta e umedecida por pequenas gotas de orvalho.

— A vida é maravilhosa! Você não acha? – perguntou Telma.

— Quando vivemos com Jesus, tendo temor a Deus, a vida é boa mesmo.

— Você teme a Deus?

— Sim, o temor a Deus é um dever de todo cristão. Você não possui temor?

Telma respondeu:

— Eu não! Acredito que Deus não é para ser temido, mas para ser amado e respeitado.

Jéssica a olhou com ar de reprovação.

— Já vi que não é convertida. Qual sua religião?

— Sou espírita.

– Meu Deus! – exclamou Jéssica com ares de horror. – Por que você segue essa seita diabólica?

– Não vamos falar sobre isso agora. O que importa é que somos amigas e quero ajudá-la.

– E depois vou querer retribuir. Assim que sair daqui, quero seu endereço para lhe dar um estudo bíblico. Você aceita? É de graça.

– É sempre muito bom estudar a Bíblia, aceito sim – Telma sorriu.

Nesse momento perceberam que uma mulher de meia-idade, negra, aproximou-se. Trajava-se com um vestido branco esvoaçante e trazia nas mãos um pequeno gatinho. Telma alegrou-se ao vê-la.

– Constância! Como está bem! Sente-se conosco.

A mulher obedeceu.

– Estou muito melhor mesmo. O doutor Jaime disse que na próxima semana já poderei ver minha família.

– Fico feliz por seu progresso.

Constância olhou para Jéssica e perguntou:

– Telma, ela é novata?

– Não. Jéssica chegou há algum tempo, mas só acordou hoje.

Constância calou-se e, alisando o gato, começou a fitar o horizonte. Vendo que seria benéfico, Telma decidiu:

– Vou ver outro paciente que está ali, do outro lado do jardim, volto em instantes.

— Não vá me deixar muito tempo só – pediu Jéssica. – Esse lugar é enorme e nem sei se saberia voltar sozinha para o hospital.

— Não se preocupe, volto logo. E Constância lhe será uma excelente companhia.

Telma saiu, e as duas ficaram a sós. O silêncio de Constância, a fitar o horizonte e alisar o gato, a incomodou.

— Você está aqui por quê? Qual é a sua doença?

— Eu estava com tuberculose, mas já me curei. Logo poderei ver os meus familiares.

— Fico feliz por você. O que mais quero é sair daqui e ir para casa. Tive um acidente, mas estou plenamente recuperada.

Constância a olhou com firmeza.

— Você acha que está viva, não é?

Jéssica sentiu o coração descompassar.

— Claro que estou viva, ora essa! Vai me dizer que também pensa como esses médicos daqui, que querem brincar conosco dizendo que morremos.

— Não estão brincando, eles falam a verdade, todos que aqui se encontram estão mortos.

A sinceridade com que Constância pronunciou aquelas palavras estremeceu Jéssica por dentro.

— Pare com isso. Se eu estivesse morta, meu coração não estaria batendo, eu não estaria respirando, enxergando, nem falando com você.

— Sei que é difícil aceitar, mas nós estamos mortos, ou melhor, desencarnados. "Mortos" é apenas uma forma de falar, pois na verdade ninguém morre. Foi o nosso corpo de carne que morreu, mas nosso espírito é eterno e prossegue vivo.

Jéssica acalmou-se e riu.

— Já sei, é espírita como Telma e quer me pregar uma peça. Mas não caio numa dessas. Sou evangélica desde que nasci, conheço toda a Bíblia, que é a palavra de Deus, e a palavra de Deus diz claramente que os mortos estão inconscientes e que suas memórias jazem no esquecimento. Todos os que morreram estão dormindo profundamente à espera do juízo final. E o Espiritismo é uma doutrina inspirada pelo demônio com o propósito de confundir as pessoas e afastá-las do verdadeiro caminho. Saia dessa, Constância!

A outra sorriu com serenidade.

— Compreendo e respeito seu ponto de vista, mas penso diferente. Quando eu vivia na Terra, era católica, mas li muitos livros espíritas e foram eles que me ajudaram na passagem para este mundo e me fizeram aceitar a mudança. Hoje estou tão bem que logo poderei encontrar minha família.

— Como você pode acreditar numa mentira dessas? Agora sei onde estou. Devo ter tido uma crise nervosa e me internaram num sanatório. Você é louca e eu quero distância de sua figura – Jéssica irritou-se.

Em seguida, Jéssica saiu correndo em meio às flores, deixando Constância a refletir.

– Vai sofrer muito, coitada! Que Deus tenha piedade de seu espírito – levantou-se, pegou o gatinho e foi conversar com outra pessoa.

A decisão de Jéssica

Jéssica correu bastante e, quando se sentiu cansada, parou debaixo de uma frondosa árvore. Tinha certeza de que estava em um hospício, embora aquelas pessoas ali em nada se assemelhassem a loucos.

Contudo, aquela história de que estava morta e de que a vida continuava era esquisitice de gente desequilibrada. Para ela, os espíritos eram pessoas desviadas do caminho da salvação e que viviam em contato com demônios. Jamais cederia a eles.

Telma a encontrou e sentou-se com ela.

– Vi quando saiu em disparada. O que Constância lhe disse?

— A mesma mentira que você.

— Se não quiser acreditar, não vamos mais falar a respeito até Jaime chamá-la para conversar.

— Quero voltar para o quarto, não estou me sentindo bem.

— Venha, dê-me o braço.

Ambas voltaram ao hospital e logo estavam no quarto de Jéssica.

Telma iniciou uma conversa:

— Agora é o entardecer. O entardecer em nossa cidade é muito bonito. Às seis horas todos nós, habitantes daqui e os doentes que podem caminhar sozinhos, nos reunimos na praça principal para a oração coletiva. Costumamos orar juntos todos os dias nesse horário. Mas é melhor que você fique e se alimente. Logo, uma amiga trará uma refeição leve. Procure ler. Neste criado-mudo tem uma Bíblia. Às oito horas, Jaime virá aqui comigo para conversarmos com você. Terá de tomar uma decisão muito importante.

Quando Telma preparava-se para sair, Jéssica pegou em seu braço com força e pediu:

— Por favor! Fale-me a verdade. Sei que você não é louca. Por que estão me prendendo aqui e me dizendo tantas mentiras? Acaso querem me enlouquecer?

– Fique tranquila, Jéssica. Você não está presa aqui. Jaime vai explicar tudo para você. Após toda verdade ser revelada, você terá de decidir se permanece conosco ou volta para casa. Seja qual for sua decisão, nós respeitaremos.

Jéssica fez menção de dizer mais alguma coisa, mas Telma apertou sua mão imprimindo-lhe forças e saiu. Um grande medo tomou conta da alma de Jéssica e ela resolveu abrir a Bíblia que estava na gaveta do criado-mudo. Buscou o Salmo 91 e o leu com fervor. Logo, sentiu-se mais tranquila. Continuou a leitura de outros salmos até que uma mulher jovem, trajando um avental amarelo, entrou no quarto com uma bandeja nas mãos.

– Boa noite! Como se sente?

– Agora estou melhor.

– Graças a Jesus! Ficará melhor ainda quando tomar esse caldo quente. Veja como está delicioso – a jovem sorriu com simpatia.

Colocou a bandeja em sua cama, e Jéssica sentiu forte apetite ao sentir o aroma do caldo. Só naquele momento lembrou-se que desde o seu despertar, no começo da tarde, não tinha ainda se alimentado. Havia tomado apenas um copo com um líquido verde que Jaime lhe dera.

– Quando terminar, aperte esse botão azul que virei buscar a bandeja.

Jéssica observou que ao lado da cama, pouco acima do criado-mudo, havia três botões de diferentes cores.

Ela saboreou todo o prato e sentiu-se refeita. Apertou o botão azul e logo a mesma moça apareceu. Recolheu a bandeja e, sorrindo, saiu.

Sem saber exatamente o porquê, nova onda de medo invadiu seu peito. Mentalmente, repetiu um versículo do Salmo 23: "Ainda que eu ande pelo vale da sombra e da morte, não temerei mal algum, porque tu estás comigo."

Aproveitou o tempo em que aguardava por Jaime e começou a ler "A Carta de Paulo aos Hebreus." Fascinada com o texto, não percebeu as horas passarem, até que a porta se abriu e por ela entraram Jaime e Telma.

– Como se sente? – perguntou Jaime.

– Um pouco ansiosa. Queria mesmo que viesse para resolver minha situação. Não posso mais ficar aqui sendo vítima de brincadeiras de mau gosto.

– Você não está sendo vítima de nenhuma brincadeira. E eu estou aqui agora para que possamos conversar definitivamente.

Jaime puxou uma cadeira e com um gesto fez com que Telma também se sentasse e começou a falar:

– Acredite ou não, você morreu, ou melhor, desencarnou naquele acidente de carro em 2 de julho de 1982.

Ela tentou interrompê-lo, ao que ele, com um gesto, a impediu.

– Como evangélica, você sempre acreditou que a morte era um sono profundo, que todos que morriam permaneciam inconscientes até a hora do juízo final. A sua crença era sincera, foi uma evangélica muito boa, consciente, procurou seguir tudo o que achou correto. Foi boa filha, boa esposa, boa mãe, boa amiga. Sempre teve uma palavra amiga, um gesto de conforto e carinho para com todos. Embora alimentasse alguns preconceitos e tecesse críticas a situações e pessoas que, a seu ver, estavam em pecado, não fazia por mal, mas por acreditar piamente que estava certa. Por ter sido tão boa e ter vivido na Terra dentro das leis divinas, foi conduzida para cá após a desencarnação.

Enquanto Jaime falava com seriedade e segurança, novamente Jéssica foi acometida de pavor. Ela sentia que aquilo tudo era verdade, mas sua mente recusava-se a acreditar. Jaime prosseguiu:

– Como acreditava que a morte era um estado de total inconsciência, seu espírito programou-se para ficar dormindo profundamente quando seu corpo morresse, conforme sua crença. Você dormiu durante muitos anos e, por intercessão de sua avó, espírito lúcido e bondoso que reside em planos mais altos, os espíritos iluminados determinaram que você fosse despertada a fim de progredir, antes da nova reencarnação.

— Mas tudo isso é mentira. Por que insistem tanto? Reencarnação é uma ideia do demônio para afastar as pessoas do verdadeiro caminho da salvação — defendeu-se Jéssica.

— Você é livre para pensar como quiser, mas esta é a verdade.

— Segundo você, eu morri em 1982 e dormi aqui por muitos anos. Em que ano estamos agora?

— Em 2003. Este é o ano que a Terra atravessa no momento.

Jéssica, indignada com a informação, retrucou:

— Então, quer dizer que passei 21 anos dormindo? Que absurdo!

— E passaria muito mais, não fosse a intercessão de sua avó.

— Mas, se é assim, por que não me acordaram antes?

— Deus não interfere no livre-arbítrio de ninguém. Você acreditou que a morte era desse jeito, que tudo se apagava. Acreditou com sinceridade, e poderia ficar adormecida até reencarnar novamente. Sua reencarnação poderia ser totalmente inconsciente, porém programada pelos espíritos de luz e por sua mentora Telma. Contudo, o nosso livre-arbítrio é relativo. E chegou seu momento de despertar.[2]

– Telma é minha o quê?

– Sua mentora espiritual, ou seja, seu anjo da guarda.

Telma a olhou de modo carinhoso, e Jéssica sentiu-se envolvida por grande onda de carinho. Mas, apesar do envolvimento com Telma, na visão de Jéssica, aquilo tudo não passava de um equívoco. Estava claro que eles queriam enganá-la. Procurou acalmar-se e disse:

– Jaime, você já leu a Bíblia?

– Sim, conheço esse livro profundamente.

– Então, se conhece, sabe que o que está me dizendo é mentira. A Bíblia é a palavra de Deus, e a palavra de Deus é clara: os mortos estão inconscientes, suas memórias jazem no esquecimento e só acordarão no momento da ressurreição para serem julgados por Jesus. Alguns serão julgados para a salvação eterna, outros para a perdição eterna e

---

2   Para mais informações, veja: *Nascer e renascer*, Francisco C. Xavier, pelo Espírito Emmanuel, cap. 4. Disponível em: http://www.institutoandreluiz.org/chicoxavier_rel_livros.html

viverão no inferno com o demônio – fez pequena pausa e concluiu: – Se você leu mesmo toda a Bíblia, sabe do que estou falando.

Jaime pensou um pouco e disse com serenidade:

– Você está citando o "O Livro do Eclesiastes", contudo, há inúmeras passagens bíblicas que comprovam que a vida continua após a morte.

– Não, você está enganado, a Bíblia jamais se contradiz. Se o "Eclesiastes" fala que os mortos estão dormindo e inconscientes, é porque é a verdade. No entanto, ela pensou um pouco e, curiosa, perguntou: – Mas, afinal, que passagens são essas que se referem à vida após a morte?

– Abra a Bíblia no "Evangelho de Lucas", capítulo 16, versículos de 19 a 31 e leia – pediu Jaime. E Jéssica assim o fez.

Havia uma vez um homem rico que só se vestia de púrpura, linho fino e se banqueteava todos os dias. Seu luxo era grande. Tinha despensa farta e seus vinhos vinham de sua adega, produzidos também em sua vinícola. Possuía muitos criados e não se importava com o seu próximo.

Havia também um homem pobre, de nome Lázaro (Eliezer), que se sentava na porta do rico, todo coberto de pústulas. E não queria mais que as migalhas do rico e nem isso tinha; e dentro daquela casa, só os cães vinham lamber-lhe as feridas. Pobre Lázaro, doente, faminto e só no mundo. Sem ninguém que o acudisse no seu sofrimento, no seu infortúnio.

Acontece que Lázaro morreu, e os anjos do céu o levaram para o seio de Abraão. Ali sentiu-se feliz, pois Abraão o esperava. Viu-se cheio de saúde sem as feridas pustulentas que cobriam o seu corpo. Sentiu-se alegre e feliz. Que lugar mais bonito e agradável. Flores multicores ornavam a paisagem cheia do verde das árvores. Um céu de estrelas cintilantes e umas manhãs e tardes de inesquecível beleza, com o brilho do sol trazendo um calor ameno e suave. Criaturas sorridentes e felizes estavam nas cercanias, parecendo que já os conhecia de longa data.

O rico também morreu e foi enterrado. Somente que com grande diferença. Seu espírito se encontrou em um terrível lugar. Em meio a tormentos. Sentiu-se tal qual era evidentemente. Seus restos mortais (matéria) foram para o seio da terra, e o espírito imortal continuou a se sentir muito mal, pois não se encontrava em seu majestoso palácio, cercado pela criadagem. Também estava roto e faminto. Onde estava a pompa que o cercava? Onde estavam os vassalos que o serviam? Sentia-se triste e abatido. Quis reclamar, gritar, ordenar, mas para quem? Estava só. Assustava-se com as companhias *que lhe apareciam vez por outra. Eram seres estranhos, caras horríveis, animais repulsivos, árvores disformes, com galhos que pareciam querer agarrá-lo. Tudo ali era sinistro e terrível.*

Levantou os olhos e viu lá distante Lázaro no seio de Abraão e implorou: – Meu pai Abraão, tenha piedade de mim! Manda Lázaro molhar a ponta do dedo com água e refrescar minha língua, que queima como fogo neste horrível lugar.

Abraão respondeu: – Lembra-te, meu filho, que na vida terrena, tomaste como teu o que era bom, e Lázaro tomou como seu o que era mau. Agora ele está confortado e tu padeces. Ademais, há um grande abismo entre os dois. Os que aqui estão não podem se passar para aí, e os que aí estão não podem se passar para aqui.

Então, o homem que fora rico, disse: – Se é assim, manda Lázaro à casa de meu pai, porque eu tenho cinco irmãos; e que ele os avise, de modo que possam escapar ao que me coube'. Mas Abraão respondeu: 'Não, têm eles lá Moisés e os Profetas; ouçam-nos.

Mas ele insistiu: – Não, Pai Abraão, se alguém dentre os mortos for ter com eles, arrepender-se-ão.

Abraão, porém, lhe respondeu: – Se não ouvem a Moisés e aos Profetas, tampouco se deixarão persuadir, ainda que ressuscite alguém dentre os mortos.

Jéssica concluiu a leitura e sorriu feliz.

– Isso não prova nada. Esse texto é uma parábola, e parábolas não podem ser entendidas em seu sentido literal. A parábola apenas mostra as consequências ruins ou boas das atitudes que temos em vida. Nada tem a ver com a vida após a morte.

Jaime meneou a cabeça negativamente.

– Esse texto não é uma parábola.

– Por que não?

– Em todo o "Evangelho de Lucas", ele sempre anunciou as parábolas de Jesus dizendo: "E assim Jesus contou-lhes esta parábola". Lucas teve o cuidado para que outros textos, como esse do Rico e Lázaro, não fossem confundidos com as parábolas do Cristo. Note que ele começa sem o anúncio de que se trata de uma parábola. Lucas narrou um fato real, que realmente aconteceu e está registrado na Bíblia.

Jéssica jamais havia pensado daquela forma. Por que nunca lhe explicaram que haveria possibilidade de a alma continuar viva após a morte?

Captando-lhe os pensamentos, Telma explicou:

– Você não conviveu com pessoas que pensavam diferente de você. Nasceu em lar evangélico, e tudo o que sabia sobre as demais religiões consistia em ideias deturpadas que lhe passaram, sem estar exatamente relacionadas à verdade dos fatos. Você se habituou a ver a vida somente com os seus olhos e com as suas crenças, por isso, mesmo sabendo que quase todas as religiões cristãs acreditam na continuidade da vida após a morte, você não se permitiu se aprofundar no assunto, tentar entender mais a respeito.

Ao perceber a possibilidade de ter errado em vida, Jéssica esforçou-se em argumentar:

– As outras religiões têm influências de satanás, não falam a verdade.

– Como você pode dizer isso sem ter conhecimento do que elas pregam?

– Vocês são espíritas e estão tentando me convencer de coisas mentirosas. Não quero mais conversar com vocês.

Ela fez menção de se levantar da cama, quando Jaime pegou em seu braço com carinho.

– Não deseja conhecer outras passagens bíblicas que provam a continuidade da vida após o decesso do corpo de carne?

Ela sentiu medo, mas ao mesmo tempo foi vencida pela curiosidade.

– Vamos lá, então.

– Em "O Livro do Apocalipse", no capítulo 6, versículos de 9 a 11, vemos:

E, havendo aberto o quinto selo, vi debaixo do altar as almas dos que foram mortos por amor da palavra de Deus e por amor do testemunho que deram.

E clamavam com grande voz, dizendo: 'Até quando, ó verdadeiro e santo Dominador, não julgas e vingas o nosso sangue dos que habitam sobre a terra?'

E foram dadas a cada um compridas vestes brancas e foi-lhes dito que repousassem ainda um pouco de tempo, até que também se completasse o número de seus conservos e seus irmãos, que haviam de ser mortos como eles foram.

Jéssica surpreendeu-se. Já havia lido a Bíblia mais de uma vez, feito diversos estudos, mas não se recordava daquelas passagens. Leu novamente o texto para ter certeza de que não estava sendo vítima de uma alucinação e constatou que estava correto. Examinou a Bíblia novamente, abriu as primeiras páginas e verificou que o tradutor era conhecido e confiável. Não tinha dúvidas, aquele texto estava realmente ali e ela o desconhecia.

– Por que nunca me deparei com isso?

– Infelizmente, as religiões da Terra gostam de fazer prosélitos, querem a todo custo aumentar o número de fiéis, pois isso, dentre outros aspectos, lhes trazem credibilidade e boa condição financeira.

Ela se irritou.

– Não admito que fale assim. Muitos irmãos nossos realmente abusam da fé alheia para fins lucrativos, mas nossa congregação, cujo pastor é meu pai, é muito honesta e jamais desviamos dinheiro para outros fins que não fossem a melhoria da vida dos fiéis e da igreja. Levamos vida modesta, e tudo o que possuímos é fruto de nosso trabalho.

– Por favor, não se ofenda. Quando falamos em "religiões", não nos referimos especificamente às doutrinas evangélicas.

– Lamentavelmente, algumas vezes, o ser humano, ávido por poder e dinheiro, oculta muitas verdades de seus seguidores, no campo da religião, com o objetivo de mantê-los sob seu poder e para prendê-los pelo medo.

Jaime fez pequena pausa e prosseguiu:

– Quase todas as religiões cristãs acreditam, com base bíblica, que a vida continua após a morte do corpo físico. A Igreja Católica é uma delas. Os católicos oram pelas almas dos mortos, pedem a intercessão dos beatos e santos desencarnados. E são muitos os relatos de aparições de espíritos no seio da Igreja Católica.

— Mas os católicos estão com o diabo. Você sabia que a grande prostituta descrita no "Apocalipse" é a Igreja Católica?

— Isso é uma interpretação que não sabemos dizer se representa a verdade. Todavia, não estamos aqui para discutir o catolicismo, mas para dizermos a você que a Bíblia, o seu livro sagrado, comprova a imortalidade da alma, fato este que está acontecendo com você. Seu corpo morreu naquele acidente, mas seu espírito continua vivo. Deus não é maravilhoso?

— Seria maravilhoso se fosse verdade, mas como disse, o "Eclesiastes" é claro, e deve haver alguma explicação para essas outras passagens que você citou.

— Gostaria que você lesse mais uma. Pode ser?

Ela aceitou com o coração aos saltos. Não deixaria de acreditar em tudo que julgava verdade absoluta desde que se entendia por gente. Mas, e se o que lhe ensinaram fosse mentira? E se Telma e Jaime estivessem falando a verdade? O que seria de sua vida e de sua fé? Mesmo temerosa, ela abriu "O Evangelho de Marcos", capítulo 9, versículos de 2 a 13, e leu:

Seis dias depois, Jesus foi para um monte alto, levando consigo somente Pedro, Tiago e João. Ali, eles viram a aparência de Jesus mudar. A sua roupa ficou muito branca e brilhante, mais do que qualquer lavadeira seria capaz de deixar. E os três discípulos viram Elias e Moisés conversando com Jesus. Então, Pedro disse a Jesus:

— Mestre, como é bom estarmos aqui! Vamos armar três barracas: uma para o senhor, outra para Moisés e outra para Elias.

Pedro não sabia o que deveria dizer, pois ele e os outros dois discípulos estavam apavorados. Logo depois, uma nuvem os cobriu, e dela veio uma voz, que disse:

— Este é o meu Filho querido. Escutem o que ele diz!

Aí os discípulos olharam em volta e viram somente Jesus com eles.

Quando estavam descendo do monte, Jesus mandou que não contassem a ninguém o que tinham visto, até que o Filho do Homem ressuscitasse. Eles obedeceram à ordem, mas discutiram entre si sobre o que queria dizer essa ressurreição. Então, perguntaram a Jesus:

— Por que os mestres da Lei dizem que Elias deve vir primeiro?

Ele respondeu:

— É verdade que Elias vem primeiro para preparar tudo. Mas por que é que as Escrituras Sagradas

afirmam que o Filho do Homem vai sofrer muito e ser rejeitado? Eu afirmo a vocês que Elias já veio, e o maltrataram como quiseram, conforme as Escrituras dizem a respeito dele.

Dessa vez Jéssica franziu o cenho. Conhecia muito bem aquela passagem, que servia de polêmica entre os membros da sua igreja, e quase ninguém sabia explicar direito, nem mesmo seu pai. Como Jesus pudera conversar com Moisés e Elias se eles estavam mortos? O pai lhe explicara uma vez que Elias não morrera, mas que foi levado ao céu em um carro de fogo. Ela sabia disso, era uma passagem muito conhecida de "O Velho Testamento", mas e Moisés? A Bíblia era clara em relação a Moisés, ele morrera realmente e seu corpo fora enterrado perto das terras de Moabe. Por sua vez, se Moisés estava morto, como poderia estar ali conversando com Jesus?

Lágrimas rolaram do rosto jovem de Jéssica.

Telma, que percebera seus pensamentos e sua angústia, tornou:

– Não fique triste, o momento agora é de se alegrar por ter descoberto a verdade.

Ela limpou as lágrimas com as costas das mãos e perguntou:

– Vocês podem me explicar como Moisés pôde conversar com Jesus se ele estava morto?

– A resposta você já tem: a morte não existe. Moisés morreu na Terra, seu corpo físico foi enterrado, mas seu espírito continuou vivo em outras dimensões. Lembra que Jesus disse no Evangelho que "na casa do meu pai havia muitas moradas?"

Ela sacudiu a cabeça positivamente, e Jaime continuou:

– Com isso, Jesus quis dizer que existem muitas dimensões para onde vai o espírito daquele que morre na Terra. Foi para uma dessas moradas abençoadas que Moisés foi ao desencarnar e, como continuou vivo e consciente de tudo o que estava acontecendo, pôde vir conversar naturalmente com Jesus.

– Mas você ainda não me explicou a passagem do "Eclesiastes" que afirma o contrário. A Bíblia não pode se contradizer.

– Infelizmente, preciso dizer a você que a Bíblia é cheia de contradições e isto é normal. Ela foi escrita por vários povos, várias pessoas, em épocas diversas e, portanto, em contextos diversos. Cada pessoa, embora inspirada pelo Alto, escreveu ali ideias próprias, conclusões particulares, de acordo com a evolução de cada um. Tenho certeza de que você, ao ler certos trechos de "O Velho Testamento", também faz essa constatação; sabe que aquelas ordens tão cruéis, tão sádicas, tão desumanas jamais poderiam ter vindo de Deus.

Ao perceber que era ouvido com atenção, Jaime prosseguiu em sua argumentação.

– "O Livro de Eclesiastes" foi escrito em um momento de extremo materialismo em que vivia a Palestina por volta do século III antes de Cristo. A Palestina era, nessa época, colônia do império grego dos Ptolomeus, ao qual devia pagar pesados tributos, que eram arrecadados pela família dos Tobíadas. "Eclesiastes" foi escrito durante esse tempo de exploração interna e externa, que não deixava esperanças de futuro melhor para o povo.

– Na Terra ninguém sabe ao certo quem escreveu este livro. Alguns atribuem a autoria ao rei Salomão, outros a Coélet, palavra hebraica que significa comunidade. Esses últimos acreditam que um grande sábio, inspirado por Deus e que fazia parte da comunidade palestina, o teria escrito sem se revelar – completou Telma.

Jéssica permanecia surpresa. "Eles realmente entendiam da Bíblia", ela pensou.

– E vocês? Sabem quem o escreveu? – questionou Jéssica.

— Sabemos. Mas isso não é o mais importante neste momento. O importante é explicar para você por que o autor do "Eclesiastes" no capítulo 9, versículo 5, escreveu:

Pois os vivos estão conscientes de que morrerão; os mortos, porém, não estão conscientes de absolutamente nada, nem têm mais salário, porque as suas memórias jazem no esquecimento.

— O autor do texto falava do materialismo que reinava na Palestina, falava da vida "debaixo do sol", e por isso entendia, segundo seu nível de conhecimento, que a alma morria junto com o corpo. Foi um entendimento do autor, muito aceitável e compreensível no contexto em que vivia. Contudo, toda a Bíblia mostra o contrário. Toda a Bíblia revela que a morte não existe e que o espírito vive sempre. Jesus, o Mestre dos Mestres, o salvador do mundo, o ser mais sábio que já existiu, afirmou que quem nele cresse não passaria pela morte. E, então, o que você me diz?

Jéssica sentia-se extremamente confusa, não sabia como refutar aquelas palavras, não tinha como compreender, e o pavor de ter se enganado durante toda a vida a levou a dizer:

— Vocês estão me enganando, são espíritas, querem que eu entre para esta seita diabólica. E, além do mais, são incoerentes. Se esse mundo é para todos que morrem, por que aqui só há espíritas?

– Aqui não há somente espíritas, nem este mundo é apenas dos espíritas – disse Telma com cautela. – Neste outro lado da vida, as crenças são livres. Aqui existem católicos, budistas, judeus, muçulmanos e até evangélicos, como você. A Doutrina Espírita foi mais uma revelação que Deus enviou para a Terra, mas ela não é a dona da verdade. A imortalidade da alma, a comunicação dos espíritos, a reencarnação, a variedade dos mundos habitados e a lei de causa e efeito pertencem à vida, não a nenhum grupo religioso em particular. E posso afirmar que tudo isso está na Bíblia. Se você quiser poderá ficar conosco aqui, estudaremos juntos, ou você poderá voltar para casa.

Jéssica, não querendo ouvir mais nada, falou:

– Quero ir para casa. Por favor, me ajudem.

– Você não irá sozinha. A vida na Terra para um desencarnado sem experiência é muito perigosa. Você possui muitos méritos, por isso Telma irá com você e ficará ao seu lado todo o tempo.

– Então, vamos, Telma, não aguento mais ficar aqui.

Telma a ajudou a se levantar da cama e a enlaçou pela cintura. Em seguida, disse:

– Feche os olhos e pense em seus familiares com muita força.

Ela aquiesceu e, aos poucos, sua concentração foi aumentando. Ao abrir os olhos, sem saber como, ela estava em uma enorme alameda, circundada por jardins bonitos e bem-cuidados. Não reconheceu aquele lugar.

– Onde estamos? Aqui não é minha casa, nem a casa de meus pais.

Telma, com semblante triste, tornou:

– Aqui é, agora, a casa de seus pais e de toda a sua família.

Jéssica olhou a belíssima mansão à sua frente, e um pensamento ruim invadiu sua mente. Será que era o que ela imaginava?

Jéssica de volta para casa

– Antes que você julgue, é melhor ver com os próprios olhos – disse Telma, captando-lhe os pensamentos.

– Minha casa era um pequeno sobrado na Penha, e meus pais moravam a duas quadras numa casa térrea pequena, mas confortável. Nada comparado a esta mansão magnífica. Custo a crer que estejam morando aí. A não ser que...

– Não julgue nada sem antes ver, vamos entrar – advertiu Telma.

Ambas seguiram pela longa alameda que terminava na porta principal. Jéssica olhava e se encantava com cada planta, cada flor, cada árvore que tinha ali e nunca imaginaria que um dia, nem nos seus sonhos mais dourados, seus pais tivessem condições de morar em uma casa tão luxuosa.

Só havia uma explicação...

Ao chegarem à grande porta de madeira trabalhada, Telma explicou:

– Como estamos em outra dimensão, não precisamos que a porta seja aberta para entrarmos. Nosso corpo é diferente do copo da matéria terrena, então, podemos atravessar as paredes com facilidade.

Jéssica olhou-a assustada.

– Você acha que me convenceu de que estou morta? Acha que acreditei nessa sua mentira?

– E como acha que saiu daquele quarto e veio parar aqui numa velocidade sem tamanho?

– Algum sortilégio que você e Jaime fizeram.

– Pare de alimentar seu preconceito, Jéssica. Vou lhe mostrar que o que digo é verdade. Veja.

Telma atravessou a parede com facilidade e sumiu das vistas da tutelada que, desesperada, começou a gritar pedindo que voltasse.

Telma voltou e olhando-a disse:

– Agora é sua vez, venha comigo.

Jéssica não disse nada, mas obedeceu.

Telma orientou-a a fechar os olhos e, aos poucos, foi arrastando-a de encontro à parede. Uma sensação estranha invadiu o corpo de Jéssica. A princípio sentiu medo, mas logo em seguida Telma pediu-lhe que abrisse os olhos, e ela, por sua vez, viu-se dentro de uma requintada sala de estar, muito bem adornada, onde toda sua família estava reunida.

Emocionada, viu seu pai, embora mais envelhecido, mas que ainda carregava no semblante a expressão austera e autoritária de sempre. Sua mãe, costumeiramente passiva e submissa, estava ao lado dele no luxuoso sofá.

De aparência mais velha, seu rosto continuava bonito e suave, mostrando a bondade de sua alma. Sua mãe sempre fora uma mulher bondosa, tolerante, meiga e amiga, porém, tolhida pela austeridade do marido que lhe exibia uma postura empertigada e distante.

Viu seu marido Gabriel, com semblante amadurecido, sentado no outro sofá, ao lado de uma mulher de sua idade, que ela não conhecia.

Havia um rapaz muito bonito, sentado junto a uma moça em poltronas de vime, igualmente desconhecidos para ela.

As lágrimas lhe escorriam pelo rosto. Não acreditava estar desencarnada, mas, sem saber por que, sentia que muitos anos haviam se passado depois daquele acidente, e que tudo tinha se modificado.

– Aproxime-se. Tente falar com eles – Telma sugeriu.

A emoção foi grande, e Jéssica, sem se conter, correu para o pai e o abraçou. Mas qual não foi sua surpresa ao ver que ela atravessara o corpo do senhor Altino, caindo do outro lado da poltrona. Telma correu a ampará-la.

– O que aconteceu? – gritou Jéssica desesperada.

– Você não conseguirá mais abraçar seu pai. O corpo dele é físico, e o seu é espiritual, por isso o atravessou.

– Estou sendo vítima de um sortilégio, você é uma feiticeira. Socorro! Pai, mãe, me ajudem!

Jéssica pareceu entrar em uma crise de loucura. Gritava à mãe, ao marido, ao pai, mas eles não esboçavam reação alguma.

Ela tentou falar com eles por mais de meia hora, mas sem sucesso.

Cansada e triste, deixou-se cair no chão, chorando sentidamente.

– Você não quer aceitar a realidade, mas está vendo que não há alternativa. Ninguém a ouve. Por que será? Porque você não está mais na mesma dimensão que eles – Telma explicou.

Aos poucos, Jéssica foi recuperando a serenidade.

– Parece que você tem razão. Eu morri. Meu Deus! Estou morta, morta e viva ao mesmo tempo. Como pode ser? O senhor Deus diz em sua palavra que os mortos não veem nada. Como posso estar vendo, sentindo, falando, se estou morta? Não consigo entender.

– É que você não quer admitir que estava equivocada em suas interpretações da Bíblia. Já lhe explicamos e volto a dizer: você não está morta. Quem morreu foi o seu corpo, que veio do pó e ao pó retornou, mas seu espírito jamais morre. A prova definitiva você está tendo agora.

Jéssica, diante da verdade, não teve outra reação, senão chorar copiosamente.

– Acalme-se. Não quer saber quem são os desconhecidos que estão na sua casa? – perguntou Telma mudando o foco de atenção de Jéssica.

Ela meneou a cabeça positivamente. Telma a fez se levantar do chão e a aproximou dos membros ali presentes, um a um.

– Esta mulher ao lado de seu marido chama-se Mônica. É uma evangélica que ele conheceu dois anos depois de sua morte e com quem casou-se.

Com ela teve essa moça que está na poltrona. O nome dela é Rute.

– Quer dizer que Gabriel se casou? Que decepção! Ele nunca me amou.

– Não diga isso. Gabriel ficou viúvo, com um filho pequeno, era justo que encontrasse outra pessoa e refizesse a vida afetiva.

Jéssica balançou a cabeça concordando com Telma.

– A palavra do Senhor diz que a pessoa só pode casar de novo se ficar viúva ou se separar por adultério. E esse rapaz ao lado dela?

Não precisou ouvir a resposta. Aproximou-se mais e sem se conter abraçou Elias, que havia se tornado um lindo homem.

– Meu filho! Eu te amo! Como isso foi acontecer? Por que Deus nos separou dessa maneira?

Lágrimas de choro e inconformismo desciam vertiginosas de suas faces vermelhas.

Elias, de repente e sem saber a razão, empalideceu e começou a se sentir zonzo. Pediu socorro:

– Papai, acho que vou desmaiar, me ajude!

Gabriel levantou-se da poltrona para ver o filho, enquanto Telma falou:

– Você precisa aprender a se conter. Olha o que fez com seu filho.

– Eu não fiz nada, só o abracei e disse-lhe o quanto o amo.

– Mas você não está equilibrada. Está angustiada, revoltada e inconformada com sua situação. Quando um desencarnado nesse estado de vibração aproxima-se de um encarnado, sendo ele médium, passa a se sentir mal, como está ocorrendo agora com seu filho.

– Você disse médium? Meu filho é médium, como os espíritas dizem?

– Sim, ele nasceu com essa capacidade altamente desenvolvida. Esta reunião familiar é para decidir o que irão fazer com ele.

– E o que pretendem fazer?

– Vamos observar sua família conversando.

As duas puseram-se a olhar o quadro familiar que se desenrolava à frente.

Gabriel sugeriu que Elias tirasse a camisa, enquanto dona Conceição aumentava o volume do ar condicionado. Todos estavam calados, esperando a crise passar.

Fazia quase um ano que Elias apresentava sintomas estranhos. Ia da euforia à depressão com muita rapidez, sentia taquicardia, insônia ou sono excessivo; seus sonhos eram sempre vívidos e repletos de pesadelos. E para agravar o quadro, fazia um mês que ouvia vozes e enxergava espíritos.

Seu avô, o senhor Altino, era pastor fazia mais de quarenta anos, e seu pai, Gabriel, também o era fazia dez. A princípio levaram o rapaz a vários médicos. Elias definhava a olhos vistos, e os profissionais da saúde, preocupados com seu estado, pediram muitos exames.

A família ficou preocupada, mas com a fé imensa em Deus sabiam que, fosse o que fosse, o Senhor iria curar. Contudo, os resultados dos exames foram chegando, e os médicos não entendiam o que ocorria com Elias. Pelos exames, ele apresentava "saúde de ferro". Foi, então, que os médicos levantaram a hipótese de um tratamento psiquiátrico, no entanto, senhor Altino e Gabriel foram veementemente contra.

– Se não tem nada no corpo, então, só pode ser influência do satanás, vamos tratar com muita oração. A fé viva e eficaz produz milagres.

O médico, mesmo vendo o fanatismo dos dois, insistiu com delicadeza:

– Mas os senhores não querem levá-lo nem mesmo para uma primeira consulta?

O pastor Altino respondeu com indignação:

– Não! Já sabemos o que ele tem. Agradecemos sua orientação, mas vocês médicos nada entendem de Deus.

Dizendo isso, saíram. O tempo passou, e nas sessões de cura e libertação da igreja evangélica onde militavam, nada aconteceu. Elias apresentava oscilações de comportamento, passava mal, perdia frequentemente o apetite, a vontade de viver, para, em seguida, retomar o comportamento usual: conversação, risos, compras, estudo.

Todavia, a situação agravou-se, de fato, quando ele afirmou estar ouvindo vozes e vendo espíritos de pessoas falecidas.

Altino, então, reuniu a família para conversar a respeito, e naquele momento, eles tentavam encontrar uma solução.

Elias voltou a si. Então, o senhor Altino bradou:

– Mais uma vez o demônio está tomando conta do meu neto. Já não sabemos mais o que fazer.

– Esta situação está difícil. Já oramos a Jesus muitas vezes, já rogamos sem cessar à divina obra e graça do Espírito Santo, mas eles não nos ouvem. Será que Gabriel não irá se curar dessa influência demoníaca nunca mais? – tornou Gabriel.

– Não fale isso, Gabriel – retrucou Altino com voz imperativa. – Se ele continuar assim, teremos de interná-lo em uma clínica psiquiátrica nos Estados Unidos. Não podemos deixar que ele manche a honra de nossa família.

– Internar? – Gabriel assustou-se.

– Sim. Não sabemos por que, mas está claro que o demônio vem tomando conta da alma de Elias, e o Senhor não está tendo clemência de nós. Talvez o que esteja faltando é termos mais fé em sua graça, praticarmos mais a sua santa lei. Contudo, até lá, não poderemos ficar com Elias aqui. Os outros irão comentar, dizer que tenho um tomado de satanás dentro de casa. Somos pastores respeitados. Expulsamos muitos demônios na igreja, curamos com a força de Jesus muitas doenças, repreendemos espíritos imundos. Se Elias continuar assim, nossos fiéis perderão a confiança em nossa fé e em nosso poder. Mandaremos Elias para uma clínica nos Estados Unidos e esperaremos em Cristo Senhor até ele se curar. Depois o traremos de volta.

– Em nome de Jesus Cristo, Altino, não faça isso – pediu a senhora Conceição, assustada e com pena do neto.

– Fique calada, mulher. Parece que não conhece a palavra do Senhor? A palavra Dele diz que a cabeça da mulher é o homem. Então, minha palavra sempre será a última.

— Mas você...

Ele a interrompeu bruscamente:

— Nem um mas. Cale-se e vá orar. Ajuda muito mais do que ficar nessa lamúria.

Conceição calou-se. Tentou conter as lágrimas que encheram seus olhos, mas não conseguiu.

— Vejam, Elias já está completamente refeito – Mônica observou.

Altino e Rute aproximaram-se. Ela, que amava o irmão com sinceridade, perguntou:

— Como se sente?

— Agora estou bem. Nem parece que aconteceu nada.

— Estão vendo? – perguntou senhor Altino. – O diabo mais uma vez se utilizou dele.

— Não fale assim, vovô. Cada vez que diz isso, fico com mais medo.

— É porque não tem a fé viva e eficaz. É por isso que não se cura dessa influência maligna. Está decidido. Vamos esperar mais quinze dias. Caso o demônio não se afaste, você irá para uma clínica em Washington.

— Não quero ir. Lá eles vão me dar remédios horríveis. Ficarei pior – tornou Elias amedrontado.

— Você não tem querer. Muito o amamos e é por isso que tomei esta decisão. Agora já está tarde, não temos culto na igreja, é hora de dormir.

A palavra de Altino era sempre respeitada, então, todos na mansão foram se recolher.

Jéssica, que a tudo observava junto a Telma, disse:

— Nunca pensei que meu pai chegaria a esse ponto. Como está diferente! Por que mudou tanto?

— Seu pai fez aquela pequena igreja crescer e hoje é um grande santuário, com filiais em quase todos os estados do Brasil e em muitos outros países. Apropriando-se do dinheiro dos fiéis, acabou enriquecendo. Ele e Gabriel possuem contas milionárias em paraísos fiscais, e a ambição que possuem parece não ter limites. A cada dia mais dinheiro é usurpado dos fiéis.

— Diga que é mentira, por favor! — Jéssica empalideceu.

— Lamentavelmente, não, minha querida. Seu pai, assim como muitos outros religiosos, não apenas evangélicos, mas de todas as denominações possíveis, perdeu-se nos caminhos da corrupção, da ambição, da sensualidade e até da maldade.

— Não posso acreditar que meu pai, aquele senhor bondoso, temente a Deus, que nos ensinava o Evangelho debaixo da grande goiabeira do quintal de nossa casa simples, nas tardes de domingo, transformou-se nesse ser que vi agora.

– Infelizmente, a religião acaba se tornando, para muitos, passaporte para as mais duras e violentas quedas morais e espirituais – arrematou Telma.

– Mas como pode acontecer tal coisa se a religião só ensina coisas boas?

– O Evangelho em sua pureza primitiva ensina mesmo apenas coisas boas, mas ao longo do tempo os textos sagrados foram modificados pelos homens, para servirem aos propósitos mais egoístas. Essas mudanças foram passando de geração a geração e estabeleceram religiões falsas, repletas de hipocrisia e mentira.

– Raros são os adeptos verdadeiramente fiéis, que desejam se melhorar de verdade. A maioria se apega ao cumprimento das regras exteriores, mas não modifica os corações cheios de ódio, inveja, preconceito e cobiça. Isso acontece em todas as religiões – explicou Telma.

Jéssica, ao pensar naquelas palavras, percebia o quanto eram verdadeiras. Já na época em que estava encarnada, e o pai era pastor de uma pequenina igreja, ouvia-se falar de lavagem de dinheiro do dízimo nas igrejas, dos enriquecimentos ilícitos, em práticas imorais dos fiéis e até dos pastores.

Seu pai condenava tudo aquilo, mas acabou enveredando pelo mesmo caminho. Aquela mansão tão grande e luxuosa não deixava margem à dúvida.

Descobertas decepcionantes

Telma e Jéssica continuaram na sala de estar atentando ao comportamento da família, até que Jéssica observou:

– Por que papai é tão rigoroso quanto aos horários? Lembro-me de que no passado ele tinha o hábito de ver televisão para se informar sobre as notícias, até as novelas permitia que assistíssemos. Minha mãe adorava os programas de TV. Por que agora não há nenhuma televisão aqui?

Telma não desejava abordar o assunto, considerava prematuro, no entanto, aproveitou o momento em que Jéssica foi tocada pela verdade.

– Seu pai, à medida que avançou na religião, foi se tornando, em aparência, cada vez mais rigoroso. Para muitos, é um fanático, para outros, um total cumpridor das leis de Deus. Para manter a imagem, o senhor Altino faz tudo, e uma das coisas que proibiu nesta casa foi o uso da televisão, além de limitar o uso da *internet*.

– *Internet*? O que é isso?

– É uma rede de comunicação muito avançada que une computadores de todo o mundo, de forma que, se um fato acontecer agora do outro lado do mundo, nós ficamos sabendo aqui em questão de microssegundos.

Jéssica estava admirada. No tempo em que vivia no mundo, ainda não se falava em rede de comunicação.

– É utilizada pelo computador?

– Sim. Todas as pessoas praticamente usam a *internet*, mas aqui nesta casa os mais jovens só podem entrar em portais que não contenham pornografia, violência ou que não deixem dúvida quanto ao conteúdo da doutrina que abraçaram.

– Mas isso é uma coisa boa. Eu imagino que deve haver muita gente de má fé fazendo todo tipo de imoralidade e pecado por meio da *internet*.

– Isso é verdade, a *internet* é um excelente meio de comunicação, foi projetada no mundo espiritual décadas antes de surgir no mundo, mas, como sempre, o homem vem deturpando a sua função. Usam-na para cometer crimes, os mais variados, tais quais: roubar, iludir, mentir, abusar da sexualidade, dar falsos testemunhos, corromper e até matar. Como está se tornando mais difícil detectar os crimes cometidos pela *internet*, as pessoas de baixa evolução os estão praticando cada vez mais.

Jéssica alegrou-se.

– Então, é bom o papai restringir seu uso aqui em casa. Fico feliz em perceber que, embora ele tenha se perdido em alguns caminhos, ainda permanece fiel à rígida moral que nos ensinou. Só Jesus salva, e para sermos dignos dessa salvação, nós precisamos nos libertar dos prazeres e enganos do mundo.

Telma, pegando em suas mãos com carinho, tornou:

– Você precisa saber a verdade integral dos fatos, afinal, foi para isso que veio aqui.

– O que há mais que não sei?

– Vamos até o quarto de seus pais.

Elas subiram de mãos dadas e Jéssica nem percebeu que Telma orava baixinho, pedindo ajuda a Deus e aos espíritos superiores para que sustentassem sua tutelada em tudo que fosse ver.

Entraram facilmente pela porta fechada e logo estavam dentro do quarto. Jéssica notou que sua mãe estava debaixo dos cobertores, com uma máscara pequena cobrindo os olhos e, naquele exato instante, tapava os ouvidos com algodão. Ela estranhou.

– Por que minha mãe está assim? Me parece incomodada.

– Aguarde, logo saberá a razão.

O senhor Altino, que até aquele momento estava trocando as roupas sociais por um pijama, pegou uma pequena chave dentro de uma caixa e abriu uma das portas superiores do imenso guarda-roupa.

Jéssica surpreendeu-se ao ver surgir do seu interior uma televisão grande, diferente de todas que ela conhecia.

– Isto é uma televisão?

– Sim, continue a observar.

O senhor Altino ligou a TV e o receptor e começou a procurar determinado canal.

O canal para ser acessado precisava de uma senha, e ele a digitou no controle remoto.

Logo, imagens eróticas e cenas de sexo começaram a ser exibidas.

O coração de Jéssica disparou.

– O que é isso?

Telma não teve tempo de responder, pois Jéssica assustou-se ainda mais ao ver espíritos nus, de homens e mulheres, com os corpos sensuais, aproximarem-se do senhor Altino, que, em seguida, passou a assistir com eles àquelas cenas.

Completamente dominado pelos próprios pensamentos e pelos pensamentos das entidades viciadas, o senhor Altino começou a sentir prazer diante daquelas imagens.

Jéssica, a ponto de desmaiar, pediu:

– Tire-me daqui, não suporto ver isso.

Telma alçou-a pela cintura e logo estavam na sala. Jéssica chorava compulsivamente, pois para ela seu pai estava perdido, cheio de imoralidade e era assessorado por muitos demônios.

Após Jéssica se acalmar um pouco, Telma sugeriu:

– Vamos nos sentar aqui – apontando para o aconchegante sofá. – Temos muito que conversar.

Jéssica aquiesceu e após limpar o rosto das lágrimas que caíam em profusão, perguntou:

– Como meu pai pôde chegar a esse ponto?

– Em primeiro lugar, gostaria que você não o julgasse nem o condenasse, pois ele é seu pai, um ser humano com defeitos e virtudes, como todos nós.

– Mas isso eu não posso aceitar. Ele está cometendo fornicação. A fornicação é um pecado mortal! Está claro em Apocalipse: "Os imorais não entrarão no Reino dos Céus."

– Acalme-se, Jéssica, nem tudo é como imaginamos. Você mesma pensou que a morte fosse o fim de tudo e hoje sabe que não é.

– Mas nada pode justificar o que meu pai está fazendo. Ele está sendo pecador, imoral, sujo. Além de tudo, é um hipócrita. Impede que os outros vejam televisão e usem a *internet*, mas dentro do quarto, secretamente, faz o que bem quer. Ele não será salvo, será atirado no inferno junto com o diabo e seus anjos no lago de fogo e enxofre.

– Acalme-se, Jéssica, caso contrário não conseguirá entender toda essa situação. Quer me ouvir? Telma começou:

– Seu pai realmente usa da hipocrisia. No fundo sabe que está errado, mas não se importa muito. Para ele o que interessa é a imagem social do homem perfeito, seguidor de Jesus. Ele está envolvido em grave processo obsessivo de difícil libertação.

– Processo obsessivo? O que é isso?

– A obsessão é a atuação de um ou mais espíritos maus ou ignorantes sobre os encarnados. Essa atuação é persistente e toma conta da mente do encarnado a ponto de ele não oferecer mais resistência ao que lhe é sugerido.

– Então, meu pai está sendo uma vítima desses espíritos diabólicos.

– À primeira vista, pode parecer isso, mas é importante você saber que uma obsessão acontece somente se o encarnado dá abertura. Não foram esses espíritos que levaram seu pai a assistir a filmes eróticos e a sentir prazer com eles. Seu pai desenvolveu esse hábito sozinho e, com o tempo, os espíritos viciados em sexo foram atraídos para cá por seus pensamentos e sensações. Só que quando espíritos desse nível aproximam-se da pessoa portadora da imperfeição moral, essa imperfeição intensifica-se, tornando-se incontrolável. É por essa razão que todas as noites, invariavelmente, seu pai faz uso de tais práticas.[3]

– Então, é por isso que minha mãe tapa os olhos e põe algodão nos ouvidos. Ela não suporta tamanha imoralidade – Jéssica colocou as mãos no rosto, que cobriu de rubor.

– Sim. Sua mãe é um espírito mais evoluído e muito sensível. Há muito tempo seu pai não a procura para a intimidade, e ela se sente ultrajada como mulher, pois o marido a troca por esses filmes. Mas não é só. Sua mãe tem sensibilidade mediúnica, sente-se muito mal enquanto o marido está nesse vício, por sentir a presença das entida-

---

[3] Para saber mais, leia a obra *O livro dos médiuns*, de Allan Kardec, cap. 23, "Da obsessão".

des malignas no quarto. Felizmente, ela ora muito e consegue vencer tais influências.

– Eu não me conformo, Telma. Meu pai sempre nos alertou que o sexo é sagrado e só depois do casamento é que pode ser praticado. Por que age dessa forma horrível?

– Seu pai é imperfeito, e sua imperfeição está na área da ambição e do sexo. Do ponto de vista espiritual, o estímulo sexual, quando usado por mentes em desequilíbrio, iguais a de seu pai, que prioriza o estímulo de vídeos pornográficos que apenas levam ao prazer físico, em detrimento de um relacionamento amoroso e respeitável com sua mãe, que representaria uma troca energética saudável entre o casal, atrai espíritos viciados e perdidos nas ilusões da matéria. Assim, forma-se com essas mentes em desarmonia verdadeira simbiose que produz intercâmbio energético deletério de incalculáveis consequências, atingindo a vida moral da pessoa e levando-a, muitas vezes, à ruína e à loucura.

– Como assim? Meu pai pode ficar louco?

– Pode. Os espíritos que acompanham uma pessoa que faz essa prática por vício, com o tempo, não vão mais se sentir satisfeitos com isso e acabarão por sugerir ao encarnado que procure emoções mais fortes. Seu pai ainda não faz prostituição propriamente falando, mas se não procurar ajuda, em breve começará a procurar jovens para orgias e coisas parecidas. O sexo, então, para ele será motivo de loucura e queda.

Jéssica chorava inconformada.

— O que podemos fazer para salvá-lo? O juízo final está próximo. Se Jesus voltar e o encontrar nesse estado lastimável de pecado, com certeza será sentenciado ao inferno. Por favor, Telma, me ajude.

— Infelizmente, não há muito a fazer, a não ser orar por seu pai. Enquanto ele não se conscientizar de que está seguindo o caminho errado, é inútil qualquer tentativa de alerta.

— Sinto-me impotente.

— Entregue tudo nas mãos soberanas de Deus. Lembre-se de que tudo na vida é uma questão de escolha e que toda escolha tem um peso. É por meio das consequências de nossas escolhas que aprendemos como a vida funciona.

Jéssica calou-se por instantes, parecendo refletir sobre o que a amiga dizia. Passou as mãos pelos cabelos, ajeitando-os, e disse:

— Quero fazer alguma coisa para alertar meu pai e já sei o quê. Vou procurar meu filho Elias. Você disse que ele é médium e que pode ver os espíritos. Se eu sou um espírito agora, então, ele pode me ver e me ouvir.

— Não acha que está sendo precipitada?

– Não, para salvar minha família, faço qualquer coisa. Como faço para que Elias me veja e me ouça?

– Elias é um médium muito ostensivo, mas para que um espírito seja visto por qualquer médium é preciso haver uma combinação fluídica que possibilite esse fenômeno.

– Como assim?

– Você não entende muito do assunto, mas tem muitos méritos perante a consciência cósmica. Já que deseja tanto falar com seu filho, vou ajudá-la.

– Mas tem que ser agora. Vamos ao quarto dele?

– Vamos sim. Ambas deram as mãos e subiram as escadas novamente. Telma, mais uma vez, começou a orar.

Jéssica é confundida com o demônio

Ao adentrarem o quarto, notaram que Elias lia a Bíblia apenas sob a luz do abajur. Jéssica emocionou-se. O filho saíra a ela, demonstrava ser religioso e antes de dormir lia o livro sagrado. Ansiosa para ser vista por ele, perguntou a Telma:

– Como faço para que ele me veja? Quero falar com meu filho.

– Antes de qualquer iniciativa, é preciso que você contenha o emocional. Não pode passar para ele nenhuma energia negativa, caso contrário, você pode trazer sérias consequências ao seu filho.

– Jamais farei isso, sou mãe.

— As mães, por se deixarem levar em demasia pelo apego, muitas vezes prejudicam os filhos. Seja sensata.

Telma silenciou por alguns minutos e depois disse:

— Feche os olhos, concentre-se no que deseja e espere. Se houver sintonia fluídica, ele sendo médium poderá vê-la.

Jéssica concentrou-se e passou a conversar consigo mesma, dizendo o quanto desejava que Elias a visse e ambos pudessem conversar. Rogou a Deus que lhe concedesse essa graça.

Em seguida, o quarto tornou-se iluminado, e Elias, admirado, deixou a Bíblia de lado. Nesse instante, ele claramente viu uma mulher jovem, cabelos castanhos encaracolados, olhos verdes como os seus, a fitá-lo com ternura. Ao lado dela, havia outra mulher jovem, morena, de cabelos lisos e curtos. Daquela vez não teve medo, olhou-as sem receio e perguntou:

— O que desejam aqui?

— Meu filho! Sou eu, sua mãe!

— Mãe? A senhora é minha mãe?

— Sim, meu amado. Quando morri naquele acidente, você tinha apenas três aninhos, por isso não se lembra de mim. Eu te amo, meu filho! Como sofro por estar longe de você...

Elias emocionou-se e deixou que lágrimas sentidas escorressem pela sua face.

— Vejo que é mesmo a senhora. É a mesma que vejo nas fotografias. Mas a senhora não devia estar no sono eterno, esperando o juízo final?

— Isso é o que dizem, Elias, mas não é verdade. A morte não existe, e todos continuam vivos do outro lado. Ainda não sei falar muito sobre isso, mas não é como está na Bíblia, nem como os pastores dizem.

— Mamãe, eu sofro muito aqui, quero estar perto da senhora.

— Não pode, você é jovem, tem de viver sua vida aí e ser feliz.

— Mas aqui é tudo muito difícil. Meu avô e meu pai querem que sejamos santos como eles, mas eu não quero ser santo, quero apenas ser jovem, viver minha vida como todos os rapazes de minha idade.

Ao ouvir aquelas palavras, grande ódio tomou conta de Jéssica.

— Seu avô não é nada santo. Proíbe vocês de fazerem tudo que querem, mas durante as noites, no quarto dele, assiste a filmes pornográficos. E... não o siga! Saia desta casa, vá viver longe daqui.

Elias, ao ouvir aquilo, ficou estarrecido. Seria verdade?

— Mãe, fale-me mais sobre isso.

Jéssica fez menção de continuar, mas Telma a puxou com força para o lado de fora. A visão das duas desapareceu, e Elias começou a chorar. Seu choro foi se tornando cada vez mais alto, até que acordou todos da casa.

O senhor Altino, tendo que interromper suas práticas equivocadas, irritou-se profundamente e, junto com os demais, foi bater à porta do quarto do neto.

– Vamos, Elias, abra! O que foi dessa vez? O que o demônio fez agora?

Elias, mesmo assustado e chorando muito, não sabia se deveria abrir. Ter visto a mãe o emocionara muito, trouxera bem-estar, agora teria de ouvir sermão.

Gabriel, preocupado com o filho, ameaçou:

– Ou você abre esta porta, ou a ponho abaixo!

Diante da ameaça, Elias abriu a porta e abraçou-se à Rute, chorando ainda mais. Rute o fez se sentar novamente na cama e, quando percebeu que ele havia se acalmado, o senhor Altino perguntou com raiva:

– O que aconteceu aqui?

Elias não respondia. Estava com medo de falar. Altino repetiu a pergunta, aumentando o tom de voz:

– O que aconteceu? Vai dizer ou prefere que eu arranque as palavras de sua boca?

— Acalme-se, Altino. Não vê que nosso neto está sofrendo? Onde está sua piedade? – dona Conceição implorou.

— Até Jesus foi agressivo e enérgico quando necessário. Preciso saber o que o diabo fez desta vez com meu neto. Vamos, fale!

Elias ganhou coragem e revelou:

— Não foi o diabo, vovô, foi a minha mãe!

A revelação chocou a todos. Um breve silêncio se fez e, quando o senhor Altino se refez do susto, tornou:

— Como assim sua mãe? Sua mãe morreu quando você era praticamente um bebê. Está dormindo esperando o julgamento.

— Não está, vovô, ela não está mais dormindo, está acordada e veio me ver. Ela estava linda com um vestido rosa-claro, com uma fita branca amarrada à cintura e os cabelos encaracolados soltos. A seu lado estava uma moça morena muito bonita que sorria para mim. Senti-me muito bem, tanto que chorei muito, mas dessa vez não foi de medo, mas sim de emoção.

O rosto de Altino e dos demais estavam vermelhos. Ele se aproximou do neto e, pegando em suas mãos, disse:

— Meu querido, que Jesus tenha piedade de sua alma, não foi sua mãe que veio aqui, mas sim o demônio em forma dela. Os espíritos dos que morrem estão em sono profundo, não ouvem e nem sabem de nada. É o diabo quem toma a forma deles e vem para iludir as pessoas.

— Não era, vovô, inclusive, ela me disse uma coisa horrível que o senhor faz...

— O que foi? O que foi que o sujo disse? – perguntou Altino nervoso.

— Não posso falar na frente dos outros, só digo se o senhor ficar sozinho comigo.

Vendo que algo grave tinha sido revelado pelo que ele julgava ser o satanás, Altino pediu:

— Saiam todos, preciso ficar a sós com Elias.

Todos obedeceram e, quando estava a sós com o avô, Elias tomou coragem e disse:

— Mamãe disse que não era para eu seguir o senhor.

— Por que ela diria isso?

— Porque o senhor nos proíbe de fazer tudo, mas durante as noites, em seu quarto, fica vendo filmes pornográficos e fazendo aquela coisa horrível que o senhor chama de pecado da fornicação.

Altino pensava que ouviria qualquer outra coisa, menos aquilo. Uma bomba não teria o mesmo efeito em seu coração do que aquilo que acabara de ouvir.

— Pelo visto, ela acertou. Por que o senhor faz isso? Não sabe que é pecado?

Ódio surdo brotou do peito de Altino quando disse:

– O demônio está querendo destruir nossa santa e honrada família através de você. Ele se passou por sua mãe e inventou mentiras. Tenho mesmo que interná-lo. Você é um perigo. Vai ficar trancado no quarto até resolvermos tudo, e está proibido de contar para outra pessoa o que o demônio disse. Vá orar!

Altino saiu com o coração descompassado, fechando a porta por fora. Na sala todos o esperavam.

– O que foi? O que o satanás disse para ele? – perguntou Gabriel preocupado.

– Coisas tão mentirosas e imorais que nem ouso repetir. Seria pecado. Mas, depois do que ouvi hoje de Elias, não teremos outra saída a não ser a internação.

– Por favor, Altino, não faça isso. Se ele for internado, vai enlouquecer de vez. Aí é que o demônio tomará conta dele para sempre – Conceição começou a chorar.

– Mas nós somos uma família evangélica honrada, servimos de exemplo a todos do rebanho, a sociedade nos admira e venera. Se deixarmos Elias aqui, tudo isso irá por água abaixo. Há pessoas na igreja já desconfiadas de que o demônio anda rondando o nosso neto. Eu tento dizer que é uma depressão, que não é nada demais, mas depois do que vi hoje, não dá mais para segurar. Vamos internar Elias e está acabado.

Gabriel concordou.

– Infelizmente, meu sogro tem razão. A Bíblia diz que, se uma ovelha arranhar a casa do Senhor, ela deverá ser expulsa do templo. Amo meu filho, mas temos de nos sacrificar em nome de Jesus.

A palavra dos homens da casa era magnânima, e Mônica, juntamente com Conceição e Rute, tinham de acatar.

Gabriel prosseguiu: – Vamos enviá-lo para uma clínica em Washington. Assim que melhorar, voltará a conviver conosco. Está decidido.

O pranto de dona Conceição se fez ouvir, enquanto era consolada por Mônica e Rute. Altino pediu:

– Gabriel, venha comigo até o escritório, precisamos conversar mais sobre isso.

Quando estavam frente a frente, Altino disse a meia-voz:

– Aconteceu algo muito estranho com Elias.

– Senti que o senhor está muito abalado, o que houve?

– O demônio revelou a ele o que gosto de fazer durante as noites.

Gabriel empalideceu.

— Ele teve essa coragem? O satanás está ficando cada vez mais ousado.

— Poderíamos dizer que tudo isso é invenção do demônio, que está usando Elias para atingir a honra de nossa família, mas logo, logo, os rumores irão se espalhar e não teremos o mesmo respeito de antes. E se ele revelar nosso esquema de lavagem de dinheiro? Poderemos ser até presos.

— Não há outra maneira a não ser interná-lo. Vamos ligar, o mais rápido possível, para aquela clínica psiquiátrica que conhecemos nos Estados Unidos.

Altino olhava para o genro e cúmplice de muitos anos e não sabia se dizia ou não. Por fim falou:

— Preciso comentar algo com você, que não me sai do pensamento. Se não falar com alguém, essa dúvida não me deixará dormir.

— Diga! O que houve de mais grave?

— Tenho fortes indícios para acreditar que não foi o demônio quem disse aquelas coisas a meu neto, mas sim o espírito da mãe dele.

— Como pode estar falando uma asneira dessas? O senhor sabe mais do que ninguém que quem morre não está consciente de nada. Acaso está enlouquecendo também?

Altino levantou-se de sua luxuosa cadeira e começou a andar pelo escritório, falando pausadamente:

– Você sabe que as interpretações da Bíblia variam ao infinito. Os teólogos católicos comprovam, através da palavra de Deus, que a alma continua viva depois da morte. Até orações eles fazem pelas almas.

– Mas isso é um absurdo! Nós sabemos que eles estão errados!

– Não temos tanta convicção assim, meu caro. Nós é que devemos sempre e invariavelmente passar essa convicção aos nossos fiéis. Eles precisam acreditar nisso piamente.

Gabriel estava confuso.

– Sei que não tenho o mesmo nível de estudo bíblico que o senhor, mas, então, é possível que um espírito de um morto possa voltar à Terra e se comunicar com um vivo?

– Sim, é possível e até há diversas passagens bíblicas que comprovam isso. "O Livro de Samuel I", cap. 28, mostra que Saul se comunicou com o espírito do irmão Samuel. Está muito claro.

– Mas, nós explicamos aos nossos fiéis que foi o demônio quem apareceu ali.

– Isso é o que nós dizemos a eles, mas há teologias que provam o contrário. Nada naquele texto diz que foi o demônio quem se transformou em Samuel, mas que era ali o próprio Samuel em espírito quem falava.

– Mas nós sempre...

Altino interrompeu:

— Nós sempre torcemos os textos bíblicos a nosso favor. E, mesmo que você não saiba, já existem inúmeras doutrinas evangélicas que aceitam a vida após a morte e a comunicação com os espíritos.

— O senhor está querendo dizer que foi mesmo Jéssica quem falou com meu filho?

— Não tenho certeza, mas estou muito inclinado a crer que foi. Afinal de contas, para que o diabo iria pedir a meu neto para se afastar de mim, por eu estar praticando atos imorais? Nós sabemos que o diabo jamais daria um bom conselho como esse. Porque, por mais que eu e você tentemos entorpecer nossas consciências, sabemos que estamos pecando e muito. Sei que há até muitos espíritos imundos próximos a mim quando faço tudo aquilo. Sinto a presença deles.

— Então, o senhor admite isso? Admite que Jéssica se fez presente para alertar nosso filho a se afastar do pecado?

— Sim. Tenho quase certeza. Depois, a descrição que ele fez da mãe foi perfeita. Disse como ela era fisicamente e até falou da roupa com que ela estava vestida, roupa essa com a qual foi enterrada: um vestido rosa com uma fita branca amarrada à cintura.

Gabriel abriu a boca e fechou-a novamente, tamanho o espanto.

— Então, nosso filho é médium, como dizem os espíritas... Que horror!

— Nem me fale o nome dessas pessoas horríveis, que vieram ao mundo para estragar a obra do Cristo.

— Mas estamos comprovando que o que eles dizem é verdade.

— Cale-se, Gabriel! Jamais admita isso a alguém! Vamos sempre e invariavelmente dizer o contrário. Nossos fiéis não costumam pensar muito, aceitam todas as explicações que lhes damos. Nós dois podemos saber disso, mas jamais poderemos passar adiante.

— Eu entendi, meu sogro, mas agora precisamos ligar para a clínica. Em Washington já é dia.

— Ligue você. Não tenho mais ânimo para nada. Depois me conte o que resolveu.

Altino saiu cabisbaixo e subiu as escadas. Todos haviam se recolhido. Olhou para a televisão e pensou em ligá-la, mas o receio de que Jéssica pudesse estar ali vendo tudo o fez fechar as portas do guarda-roupa, colocar o cadeado e se deitar.

Na cama, não conseguia conciliar o sono. Mil pensamentos passavam por sua mente, e a consciência não lhe deixava em paz.

Ele não via, mas a seu lado Jéssica, em espírito, ajoelhada, chorava sentidamente.

Explicações de Telma

Telma, com esforço, conseguiu retirar Jéssica do quarto onde Altino, insone, tentava ludibriar a própria consciência. Foram para a sala. Lá chegando, sentaram no sofá, e Jéssica, enxugando as lágrimas, disse:

– Precisamos fazer alguma coisa para impedir que meu filho seja internado. Ele não é louco, nem possui nenhum tipo de desequilíbrio. Vamos pedir ajuda ao Jaime. Não quero ver Elias trancafiado numa clínica psiquiátrica, tomando remédios fortes. Se isso acontecer, ele enlouquecerá de verdade.

– Há coisas na vida que não podemos evitar – disse Telma, abraçando-a com carinho.

— Como assim? Um mal será feito em nome da ambição e do pecado e nada pode ser feito para evitá-lo?

— É que você desconhece as leis que regem o universo e as vidas de todos os seres que nele habitam. É preciso que as entenda para saber por que, em alguns casos, não podemos interferir.

— Mas eu sei de todas as leis de Deus!

— Você sabe as leis que estão na Bíblia, conforme sua interpretação, mas desconhece outras que, iguais àquelas, atuam nas vidas humanas.

— Que outras leis são essas?

— Várias, mas a mais importante é a lei da reencarnação.

— Não me venha com essa, Telma. Já entendi que a morte não é a inconsciência, mas daí a acreditar em reencarnação é um pouco demais. Isso não existe, foi uma ideia do satanás para desvirtuar as pessoas do caminho da salvação.

Telma pensou um pouco e tornou:

— Você sabia que Jesus falou sobre a reencarnação e está na Bíblia?

— Como? Nunca li nada disso. Conheço toda a Bíblia e nunca encontrei uma única vez a palavra reencarnação.

— O vocábulo usado era outro, mas se tratava do mesmo assunto. Você se lembra da conversa de Nicodemos com Jesus?

– Sim, essa passagem é linda!

– E o que ela diz?

– Que se não nos batizarmos e renascermos de novo em Cristo, nós não entraremos no Reino dos Céus.

– Será que era mesmo do batismo e da conversão espiritual que Jesus falava?

– Claro que sim.

– Vamos analisar, sei a passagem de cor, está no Evangelho de João, capítulo 3, vejamos os primeiros versículos.

Havia um fariseu chamado Nicodemos, uma autoridade entre os judeus.

Ele veio a Jesus, à noite, e disse: – Mestre, sabemos que ensinas da parte de Deus, pois ninguém pode realizar os sinais milagrosos que estás fazendo, se Deus não estiver com ele.

Em resposta, Jesus declarou: – Digo a verdade: Ninguém pode ver o Reino de Deus, se não nascer de novo.

Perguntou Nicodemos: – Como alguém pode nascer, sendo velho? É claro que não pode entrar pela segunda vez no ventre de sua mãe e renascer!

Telma fez pequena pausa antes de prosseguir com a explanação.

– Note que Jesus disse que ninguém pode ver o Reino de Deus se não nascer de novo. Nicodemos ficou confuso e disse que uma pessoa não pode entrar de novo no ventre de sua mãe e renascer.

— Então, está aí a prova, ninguém pode entrar de novo no ventre da mãe para renascer, logo a reencarnação não existe — Jéssica observou.

Telma sorriu.

— Nicodemos não tinha noções espirituais elevadas, falava do ponto de vista terreno, material mesmo. E nisso ele tinha razão. Um homem velho jamais poderá regredir e entrar novamente no ventre materno, pois não é o homem com o corpo físico que reencarna, mas o espírito desencarnado que volta à vida terrena. Jesus comprova essa verdade ao dizer a Nicodemos, do versículo 5 ao 7.

Respondeu Jesus: — Digo a verdade: Ninguém pode entrar no Reino de Deus se não nascer da água e do Espírito. O que nasce da carne é carne, mas o que nasce do Espírito é espírito. Não se surpreenda pelo fato de eu ter dito: É necessário que vocês nasçam de novo.

— Aqui Jesus reforça a lei da reencarnação quando assevera que é preciso nascer de novo da água e do espírito — esclareceu Telma.

— É aí que entra o batismo. Nascer de novo pela água é ser batizado e pelo espírito é renascer na moral, transformando-se em homem de bem – rebateu Jéssica.

– Poderia ser, mas Jesus vai mais além quando diz que o que nasce da carne é carne e o que nasce do espírito é espírito. Vai mais além e afirma a reencarnação quando fala que não nos surpreendamos com o fato de Ele dizer que precisamos nascer de novo. E logo em seguida, a partir do versículo 8, explica claramente como é esse renascimento.

Vento sopra onde quer. Você o escuta, mas não pode dizer de onde vem, nem para onde vai. Assim acontece com todos os nascidos do Espírito.

Perguntou Nicodemos: – Como pode ser isso?

Disse Jesus: – Você é mestre em Israel e não entende essas coisas?

Asseguro que nós falamos do que conhecemos e testemunhamos do que vimos, mas mesmo assim vocês não aceitam o nosso testemunho.

Eu falei de coisas terrenas e vocês não creram; como crerão se falar de coisas celestiais?

Ninguém jamais subiu ao céu, a não ser aquele que veio do céu: o Filho do Homem.

Da mesma forma como Moisés levantou a serpente no deserto, assim também é necessário que o Filho do Homem seja levantado, para que todo o que nele crer tenha a vida eterna.

Ao notar que Jéssica estava atenta às suas palavras, Telma deu prosseguimento à explicação.

– Jesus afirma que o espírito sopra onde quer e ninguém sabe de onde vem nem para onde vai. Isso mostra que o espírito, antes de viver no corpo de carne, vem do mundo espiritual, de um local que aqui na Terra ninguém sabe exatamente onde é. Se o espírito fosse criado na mesma hora que o corpo, todos nós saberíamos de onde ele viria, ou seja, de Deus. Quando Jesus diz que ninguém sabe para onde ele vai, quer dizer que ninguém sabe para onde seu espírito vai depois da morte do corpo. Não só nesta parte, mas em muitas outras, a Bíblia faz referências à reencarnação.

Jéssica estava confusa, aquilo parecia fazer sentido, mas ela não podia de forma alguma acreditar em reencarnação, vinha contra tudo que sua fé evangélica pregava e, pensava ela, a crença na reencarnação anularia o sacrifício de Jesus na cruz.

Ela fez menção de expor seus pensamentos, mas Telma, que os havia captado, adiantou-se:

– De acordo com o seu ponto de vista e o da maioria dos evangélicos e católicos: Jesus realmente morreu na cruz para nos salvar, contudo, não se trata de uma salvação imediatista. Sua morte aconteceu porque os judeus, por não entenderem a sua mensagem de amor, não acreditaram em suas palavras, nem o reconheceram tal qual o Messias. A salvação, no entanto, possui significado mais amplo; não representa apenas um passaporte para irmos ao céu, mas a libertação de todas as imperfeições e máculas que impedem nossa felicidade. Quando a Bíblia afirma que só Jesus salva, quer dizer que somente seguindo seus ensinamentos é que poderemos, um dia, vestir a túnica nupcial, que é ter puro o coração. Você acredita, Jéssica, que, por mais anos que possamos viver aqui na Terra, seja possível eliminar todas as nossas impurezas em uma só vida?

Jéssica meneou a cabeça negativamente: – Nisso sou obrigada a concordar com você. Por mais tempo que vivamos aqui na Terra, sempre seremos pecadores.

Telma percebeu que sua tutelada finalmente rendia-se à verdade: – É por isso que Deus nos deu a oportunidade da reencarnação. Sem ela é impossível a salvação, é impossível chegarmos até Deus. A reencarnação representa a bondade suprema do Criador, que não quer que nenhuma ovelha se perca do rebanho. É por meio das várias vidas que nos depuramos das deficiências, corrigimos erros de vidas passadas, aprendemos a amar incondicionalmente, para, finalmente, nos tornarmos puros, dignos de participar do banquete divino. Diga-me, Jéssica, você realmente conhece alguém, totalmente puro de coração, a ponto de entrar agora no Reino de Deus?

– Não, de fato não conheço. Mesmo as pessoas mais convertidas que conheci na vida eram cheias de defeitos. Mesmo com bastante dificuldade em aceitar o que você está falando, eu começo a crer que está certa. Mas não sei se um dia um ser humano poderá ser puro como um anjo. Você acredita que isso seja possível?

– Não só acredito, como tenho certeza. Os anjos um dia foram como nós, espíritos imperfeitos que, por meio das reencarnações, foram chegando ao grau de perfeição a que o homem está sujeito. Os anjos não foram criados puros, diferentes de nós. Se isso tivesse acontecido, Deus seria injusto, pois teria criado alguns seres já perfeitos e, ao mesmo tempo, criado outros cheios de defeitos e máculas.

Naquele momento Jéssica passou a acreditar, sem nem mesmo saber como, que a reencarnação existia. Sentia no fundo de sua alma que as palavras de Telma retratavam a verdade. Pensou no filho e, preocupada, perguntou:

– Mas o que essa conversa tem a ver com Elias?

– É que você quer interferir para que ele não seja internado, e eu lhe disse que nem sempre é possível intervir nos destinos humanos. Pela lei da reencarnação, cada um colhe o que planta, nesta vida ou em vidas passadas. A maioria dos espíritos reencarnados na Terra, inclusive Elias, carregam muitas culpas no inconsciente, em geral cometeram muitos erros em encarnações anteriores e estão agora de volta ao mundo para se reeducar.

– Quer dizer que a internação de meu filho é um castigo e por isso não podemos fazer nada?

Telma ponderou bem as palavras para não confundir Jéssica ainda mais.

– Os resgates de erros não são punição, eles são feitos somente por meio da lei de amor, que é a Lei de Deus, jamais pelo castigo, pois Deus, que é Pai, não impõe sofrimento aos seus filhos, antes possibilita oportunidade de retomada do caminho. Mas, para que esse processo aconteça, é preciso que o encarnado se conscientize de que merece progredir sem sofrer e se liberte de suas culpas.[4] Vamos aguardar o destino de Elias.

---

[4] "O arrependimento é indispensável para o real despertamento do ser. Medida de análise dos atos pelo arbítrio da razão que discerne, aponta as falhas e demonstra a gravidade do equívoco, falando à consciência a respeito da insensatez do delito. É o começo da transformação moral, convidando o indivíduo a sair da teimosa atitude de desequilíbrio para alcançar o patamar da harmonia. Mas não basta por si mesmo; porquanto os danos perpetrados devem ser reparados, e o terreno perdido necessita de ser reconquistado." Divaldo P. Franco, *Dias venturosos*. Pelo Espírito Amélia Rodrigues, pág. 139.

— Mas você não viu que meu pai e Gabriel já decidiram interná-lo de qualquer jeito? Não há nada que Elias possa fazer que o livre desse triste destino.

— Não é bem assim. Quando uma pessoa se abre para o bem, sente-se merecedora do amor e da felicidade. Ao melhorar sua moral e a qualidade dos seus pensamentos, as leis divinas entram em ação e podem transformar todas as coisas. Não existe o impossível para Deus. Para que o impossível aconteça, é preciso que cada um faça sua parte.

— Elias é um rapaz sensível e fraco, não vai conseguir fazer essa mudança — Jéssica começou a chorar.

— Não subestime o poder das pessoas. Antes que a internação aconteça, a Vida dará uma chance para Elias se modificar. Vamos aguardar com fé.

— Que chance será essa?

— Você está muito ansiosa, não precisa saber disso agora. Enquanto todos dormem, gostaria de convidá-la a conhecer um local onde poderá aprender muitas coisas, principalmente o poder que têm as nossas crenças.

— Aceito ir com você, mas antes quero que me diga o que Elias fez para passar por tantos sofrimentos. Sou mãe, tenho o direito de saber.

Telma, que já esperava pela pergunta, com muito cuidado, fez a revelação.

– Na última encarnação, Elias foi um nazista que trabalhava para Hitler nos campos de concentração. Era médico psiquiatra e, empolgado com aquelas ideias equivocadas, fazia experimentos terríveis com a mente humana, testando as pessoas para ver até que ponto elas resistiriam a torturas mentais e físicas. Foram muitas pessoas, entre homens, mulheres e crianças, a quem ele impingiu sofrimentos horríveis, que lhes dilaceraram a mente e o corpo físico. Em particular, Elias tinha horror aos homossexuais e era adepto de certas práticas, na tentativa de curá-los daquilo que ele achava ser uma doença. Vendo que os homossexuais não respondiam ao seu tratamento, tomado de ódio, decepava-lhes com crueldade os órgãos genitais.

– Então, é por isso que sofre tanto com a tal mediunidade? – Jéssica estava horrorizada.

– Alguns médiuns da Terra são espíritos que muito erraram em vidas passadas, cometendo atos de maldade e crueldade contra o semelhante, e que voltam à Terra com a bênção da mediunidade para que, trabalhando em favor do próximo sofredor e em favor de si mesmo, acabem por se redimir de seus erros. Poucos são na Terra os médiuns missionários, um grande número deles são grandes devedores das leis universais.

– Então, Deus está se vingando dessas pessoas e também do meu filho – refletiu Jéssica, triste.

– Não veja dessa forma. Lembre-se de que Deus é amor, jamais vingança. Se o médium buscar o equilíbrio, pela modificação interior, e viver dentro de uma conduta pautada na moral do Cristo, conseguirá cumprir sua tarefa e atrair para junto de si os espíritos iluminados, além de servir de exemplo de conduta àqueles que ele prejudicou no passado e que ainda não conseguiram lhe perdoar as faltas.

– Não sei se acredito muito nisso, é tudo muito novo para mim. Mas vamos supor que você tenha razão, Telma. Se Elias foi de fato esse monstro no passado, que destruiu tantas mentes, então, ele não vai escapar do hospício.

Telma abraçava-a com carinho enquanto dizia:

– Já lhe falei que Deus é amor e bondade, e Ele dará uma chance para que seu filho aprenda pelo caminho do amor. O que você precisa agora é confiar que Deus tudo sabe. Deixemos Elias descansar. E vamos ao local que lhe sugeri. Lá você terá grandes surpresas e aprenderá muito – Telma enlaçou Jéssica pela cintura e ambas deslizaram pelo espaço. Foi com emoção e lágrimas que Jéssica via a cidade abaixo tornar-se cada vez menor, até desaparecer por completo.

Evangélicos dormindo

Jéssica estudava mais e mais e sua transformação já era notada por todos. Após certo tempo, Telma levou Jéssica a um lugar de grandes surpresas e aprendizado. Quando lá chegaram, havia diante delas um imenso portão de ferro cuidadosamente trabalhado. Telma acionou um botão que estava à direita do portão e um pequeno compartimento se abriu. Uma espécie de tela luminosa surgiu, e Telma, espalmando sua mão esquerda, colocou-a sobre ela. A tela, ao identificar que era Telma, iluminou-se ainda mais.

Poucos segundos depois, o portão abriu-se automaticamente, e Telma, com um gesto, pediu que

Jéssica a acompanhasse. Seguiram por uma grande alameda de onde se avistava jardins bem-cuidados e floridos de ambos os lados. Jéssica admirou-se ao ver pessoas conversando, sentadas em pequenos bancos, sob luz agradável de pequenos postes, apesar de já ser muito tarde.

Ao longe, Jéssica divisou um prédio enorme que parecia ser todo de vidro. Não conteve a indagação.

– Onde estamos? Que lugar estranho é esse?

– Estamos no jardim de um hospital especial. Aqui ficam os desencarnados em estado de sono profundo – Telma respondeu baixinho.

– Como assim?

– Muitas pessoas têm sérias razões para permanecer dormindo depois da morte. Muitos aqui estão adormecidos pelo mesmo motivo que você apresentava. Acreditaram tanto e com tamanha firmeza que a morte era o fim de tudo ou o sono eterno, que não conseguem acordar mesmo após muito tempo de sua desencarnação. Outras estão em coma profundo porque não aguentaram viver com o peso dos seus erros, castigando a consciência. Outros ainda estão aqui porque cometeram muita insensatez e cultivaram o ódio e o rancor em tal nível, que acabaram deteriorando seus corpos astrais.

Jéssica estava chocada com a explicação, mas não ousou dizer nada. Chegaram a uma imensa porta que lembrava vidro, que era a entrada principal do majestoso edifício, e a porta abriu-se sem que elas a tocassem, apenas pela força do magnetismo de Telma.

Jéssica percebeu que não apenas a estrutura do prédio era como se fosse de vidro, mas tudo o que estava por dentro também, inclusive os móveis. Telma dirigiu-se à recepção, e um rapaz simpático a atendeu.

— É você que nos solicitou uma visita para hoje?

— Sim, sou Telma e vivo na Colônia Campo da Paz.

— Sei, o identificador já me passou todas as suas informações. Quem a acompanha é Jéssica, uma desencarnada em fase de aprendizado. Esperem um pouco que vou chamar a encarregada pela ala que desejam visitar.

O rapaz apertou um botão verde, e em poucos minutos, uma senhora simpática, cabelos brancos em coque, sorriso acolhedor, surgiu na recepção e, sorrindo, abraçou as duas.

— Meu nome é Olga e é com muito prazer que vou levá-las à ala dos adormecidos. Pelo que fui informada, Jéssica ficou numa ala semelhante a esta antes de acordar.

– Sim, e é por isso que a trouxe aqui. Quero que veja outros irmãos nossos e aprenda com eles.

Olga sorriu com satisfação e fez um gesto para que elas a seguissem. Entraram por um grande corredor com muitas portas, todas de vidro transparente. Na primeira porta, entraram.

Havia várias camas de vidro arrumadas tais quais as enfermarias dos hospitais terrenos. Naquele quarto só havia mulheres. Jéssica pôde perceber que eram de diferentes idades, embora não houvesse nenhuma criança.

Olga, com certa tristeza no olhar, salientou: – Todas essas mulheres que estão aqui vieram por causa de suas crenças.

– Todas foram evangélicas como eu? – perguntou Jéssica preocupada.

– Não, nem todas. Algumas vieram também porque eram materialistas, acreditavam piamente que a vida acabava com a morte.

– Mas por que não as acordam? – questionou Jéssica sem entender.

– Precisamos respeitar o livre-arbítrio de cada um. Essas pessoas que aqui estão não possuíam crenças simples que pudessem ser deixadas de lado a qualquer momento. Ou eram fanáticas religiosas, ou ateias convictas. As crenças de que dormiriam o sono eterno até o juízo final ou a crença de que a morte era o fim de tudo eram nelas tão fortes e dominantes, que o inconsciente tratou de adormecê-las profundamente quando desencarnaram. No momento, não podemos acordá-las, dentre outras coisas, porque elas mesmas não se permitem isso.

— A crença tem tanta força assim? — Jéssica perguntou assustada.

— Sim. Às vezes, são nossas crenças profundas que determinam nossa vida e nosso destino. Note que eu disse *crenças profundas*, não uma simples ideia que o tempo apaga. Quando alguém crê firmemente em alguma coisa, pode criar meios para essa coisa acontecer. Esse é o segredo dos milagres que ocorrem todos os dias na Terra.

Pessoas que venceram doenças graves, entendidas como desenganadas e incuráveis pela medicina, pessoas que saíram da ruína moral ou financeira quando tudo parecia não ter mais jeito, pessoas que realizaram grandes feitos — nisso tudo a crença, à qual também podemos chamar de fé, tem grande importância. Mas, para isso, é preciso acreditar profundamente.

— Mas por que eu fui acordada? Assim como essas mulheres, eu também tinha uma crença absoluta de que estaria dormindo depois que morresse.

Olga a olhou com bondade acariciando seu rosto. – Você dormiu por vinte anos, só foi acordada porque sua avó, que vive em dimensões mais altas, orou muito a Jesus e conseguiu obter o que desejava. Mas há outro componente que permitiu que acordasse. Embora suas crenças fossem firmes, você nunca foi uma fanática religiosa. Embora tivesse a mente fechada a outras crenças, era uma pessoa muito acessível ao ser humano, bondosa, cheia de créditos perante as Leis Divinas.

Se fosse o contrário, mesmo com o pedido de sua avó, você não teria despertado e poderia até mesmo reencarnar sem ter nem percebido que passou pelo mundo espiritual.

– Quer dizer que essas mulheres todas irão reencarnar sem despertar aqui?

– A maioria sim. Algumas, assim como você, têm espíritos amigos em altas esferas que rogam por elas, mas mesmo assim, precisarão querer acordar. Outras irão reencarnar sob o comando dos espíritos superiores. Elas irão renascer sob o impulso automático da lei de causa e efeito e continuarão a progredir ou a resgatar seus erros do ponto onde pararam na última encarnação.

Jéssica silenciou. Ao ver todas aquelas mulheres dormindo, de respiração fraca, parecendo estar em coma, sentiu-se penalizada. "Se pudesse voltaria à Terra e diria a todos que a crença no sono eterno é equivocada" – pensou Jéssica.

Telma, ao captar o seu pensamento, esclareceu:
– Não adiantaria. Ninguém acreditaria. Lembra-se da passagem bíblica do Rico e Lázaro?

– Lembro, mas alguém tem de fazer alguma coisa. Os evangélicos estão ensinando coisas erradas! Meu Deus, como eu fui cega!

– Não diga isso. Os evangélicos ensinam o que aprenderam e falam de acordo com as suas interpretações bíblicas. Devem ser respeitados em suas crenças. E existem muitas doutrinas evangélicas que admitem a vida após a morte, nem todas acreditam no sono e na inconsciência após a desencarnação. Não podemos generalizar, nem criticar ninguém – ponderou Telma.

Em seguida, visitaram a ala dos homens.
– A ala dos homens é semelhante a essa e não apresenta grandes novidades – Olga sugeriu.

– Agora vamos à ala dos jovens.
– Jovens? Jovens dormindo? – Jéssica sobressaltou-se.

– Por que o espanto? – perguntou Olga tranquilamente. – Os jovens são influenciáveis e podem desenvolver crenças tão fortes quanto os adultos.

Caminharam mais um pouco e entraram por uma porta larga, também de vidro. Jéssica percebeu que, diferentemente das demais alas, ali existia música suave, impregnando todo o ambiente.

Contudo, seu espanto foi maior ao constatar alguns jovens, de ambos os sexos, adormecidos. Sentindo profunda compaixão, deixou que lágrimas escorressem pelo seu rosto – ato que não passou despercebido a Olga, que, por respeitar seu momento de emoção, não a interrompeu.

Passados alguns instantes, Olga passou a explicar:

– Do mesmo modo que os demais, esses jovens foram influenciados a crer na inconsciência total após a morte física. Acreditaram tanto que aqui estão dormindo.

– Mas isso é injusto! São apenas jovens.

– Os jovens não são apenas jovens, mas espíritos antigos que reencarnaram para continuar aprendendo e evoluindo. Muitas pessoas não entendem os sofrimentos dos jovens, entretanto, quando um jovem sofre muito, é porque está resgatando erros de vidas passadas.

– Não posso acreditar nisso, Olga, é demais para mim – disse Jéssica meneando a cabeça negativamente.

– E como você explica tantos sofrimentos pelos quais passam muitas crianças e jovens? Como entender tanta dor conciliando-a com a bondade e a perfeição de Deus?

– Essa foi uma questão que sempre me intrigou e que nunca encontrei respostas satisfatórias em minha crença. Meu pai dizia que era um mistério.

– Não há mistério, é o resgate de erros do passado ou um programa de ascensão mais rápida pedida pelo próprio espírito.

– Pedida pelo espírito?

– Sim. Muitos não conseguem compreender como é que alguém pode pedir para passar pela dor e pelo sofrimento. Mas, no estado de espírito, as coisas mudam, a visão sobre a vida se dilata e as pessoas percebem o sofrimento como libertação, não como algo ruim.

Jéssica ouvia aquelas palavras com tanta atenção, que, momentaneamente, esqueceu-se de tudo o mais. Olga prosseguiu:

– A escolha pela dor é feita pela maioria por causa do remorso torturante que invade o ser. Aqui no mundo astral, despidos da matéria grosseira, todos os nossos sentimentos se intensificam. A dor, o sofrimento, a tristeza, a saudade, assim também a alegria, a paz, o bem-estar ganham proporções maiores deste lado.

– E por causa dessa intensidade de sentimentos, o remorso torna-se algo tão aflitivo, que muitos espíritos culpados só enxergam o caminho do sofrimento para se libertarem dele. Contudo, é preciso salientar que os mentores fazem o possível para que eles não escolham sofrer. Todos os nossos erros, por piores que sejam, podem ser reparados através da harmonização pelo amor, pela dedicação ao próximo sofredor, pela mudança de conduta, de pensamentos e pelo trabalho incessante a favor do bem. Muitos têm despertado para isso e graças a esse despertar, a Terra está equilibrada, porque se todos os espíritos culpados escolhessem expiar seus erros pelo sofrimento, não teria praticamente ninguém realizando nada de bom e positivo no mundo. Estariam todos sofrendo de maneira geral, sem alívio, sem esclarecimentos. Felizmente, muitos já entenderam que a culpa não resolve seus problemas e, então, escolhem o caminho do amor.

Jéssica prosseguia ávida por informações.

– Esses jovens escolheram nascer e conviver com tais crenças?

– Em alguns casos sim. Muitos foram religiosos que faliram em suas missões e, por sua vez, pediram para retornar em lares de crença religiosa fechada e até em meio ao fanatismo.

— Quer dizer que também escolhemos a religião em que vamos nascer?

— Quando temos lucidez para isso, sim, nós escolhemos. As religiões têm funções muito nobres na Terra e, embora sejam cometidos muitos enganos em nome da religião, uma vez que são guiadas por homens, elas cumprem seus objetivos. Cada religião da Terra favorece um tipo de aprendizado específico para o espírito. Por exemplo, uma pessoa que se envolveu em muitos vícios em várias reencarnações pode pedir ou é orientada a renascer em famílias evangélicas que sigam doutrinas rigorosas, para que, através do temor, aprendam a se conter e a se libertar de seus vícios. Talvez se nascessem em uma religião mais liberal, retornariam ao abismo dos erros.

— Mas qual é, então, a melhor religião? Aquela que mais ajuda o espírito?

Olga sorriu ao dizer:

— A melhor religião é a que mais bem faz à criatura. Para Deus não importa se a pessoa é católica, evangélica, espírita, budista, hinduísta. Para Ele o que importa é o progresso espiritual. Se a pessoa sente-se completa e está evoluindo como evangélica, então, essa é a religião mais adequada. Se ela aprimorou a moral, se está mais feliz por ser católica, então, para essa pessoa a religião católica é a melhor. E assim acontece com todas as outras.

– Mas aqui todo mundo é espírita. Isso quer dizer que depois da morte só há o Espiritismo? Quer dizer que o Espiritismo é a melhor de todas as religiões? – perguntou Jéssica a contragosto.

O semblante de Olga tornou-se mais sério ao responder:

– Você está enganada. Aqui, no mundo espiritual, não há religião específica. Falamos em reencarnação, vida após a morte, mediunidade e lei de causa e efeito porque são elementos inerentes à vida, independentemente de religião. Seja você de que religião for, estará viva após a morte, será portadora de mediunidade, irá reencarnar e estará sujeita à lei de causa e efeito. É preciso não confundir as coisas.

– O Espiritismo é o consolador prometido por Jesus, não uma religião propriamente dita. É uma doutrina que veio revelar mais aspectos da verdade universal. Atualmente, ele precisa ainda se estabelecer como instituição para que chegue melhor até as pessoas, mas no futuro isso irá acabar e todos acreditarão nas verdades universais que o Espiritismo prega, sem rótulos ou bandeiras religiosas.

– Interessante. Não sabia que o Espiritismo era o consolador prometido. Sempre pensei que o consolador fosse o Espírito Santo que desceu sobre nós no dia de Pentecostes, como está registrado em "O Livro de Atos dos Apóstolos". Aprendi que o Espírito Santo é a força ativa de Deus. E para o Espiritismo, o que é o Espírito Santo?

– Não vou falar da visão espírita, mas da visão universal. O Espírito Santo é o conjunto de espíritos santificados, evoluídos e iluminados que atuam sobre a Terra e sobre as pessoas, realizando as vontades de Deus. Você não está errada em dizer que o Espírito Santo é força ativa de Deus. Deus não age diretamente na matéria, para isso ele usa seus mensageiros, que são os espíritos sublimados que nos guiam, dão-nos entendimento e produzem até alguns fenômenos físicos no mundo. Sempre que um evangélico ou católico diz que o Espírito Santo lhes revelou alguma coisa, foi um espírito evoluído quem o fez.

– Tudo isso tem muito sentido. Eu quero estudar mais, quero aprender, quero ampliar o meu ponto de vista e tentar entender tudo que está passando em minha família. Você me ajuda?

Olga sorriu.

– Devido aos meus compromissos aqui no hospital, não poderei ensiná-la, mas Telma e Jaime esclarecerão todas as suas dúvidas. Aproveite.

– Vamos, quero agora lhe apresentar a ala dos ovoides. Tenha calma e não se assuste. Há também muito aprendizado por lá.

O coração de Jéssica acelerou e certo medo a invadiu. Contudo, sua sede de conhecimento era maior. Ganhou coragem e junto à Telma seguiu Olga.

A ala dos ovoides

Pararam na última porta.

– Aqui vamos explicar sem você adentrar a ala, porque as energias desta ala são muito densas e, se você se impressionar, poderá captá-las.

Jéssica meneou a cabeça. Em vez de camas, Jéssica viu muitas caixas de vidro semelhantes às incubadoras terrenas.

– Temos aqui vinte irmãos na condição temporária de ovoides, em fase de tratamento, à espera da bênção da reencarnação – esclareceu Olga.

Jéssica assustou-se ao ver massas arredondadas de formato irregular parecendo ser feitas de carne. Comentou um pouco assustada:

— Custo a crer que sejam seres humanos. Não está havendo algum engano?

— Bem que eu gostaria que fosse engano – disse Olga tristemente. – Mas essas massas são realmente seres humanos que degeneraram suas formas.[5]

— Mas você não disse que vão reencarnar? Como isso é possível?

— Para você, que é evangélica, já é difícil aceitar uma reencarnação normal, que dirá a de um ovoide, porém, vou tentar explicar. Geralmente, eles ficam vagando pelo umbral, ou sendo usados por espíritos obsessores nos processos de vingança. Contudo, a misericórdia de Deus permite que caravanas de luz periodicamente visitem tal região em missão de resgate e, existindo um lampejo de consciência, os retiram de lá. Cada irmão nessas condições tem o tempo certo e individual de permanecer nesse estado. A bondade divina não deixa ninguém sozinho. Mesmo aqueles que optaram pela maldade, pelo ódio e pelo vício em alto grau, a ponto de transformar seus corpos nessas massas, não são abandonados e, quando chega o momento, são resgatados e levados para os diversos locais de tratamento, como este aqui.

---

[5] Para mais esclarecimento, leia a obra *Perispírito*, de Zalmino Zimmerman.

Jéssica ouvia atenta e, percebendo o seu interesse no assunto, Olga continuou a explicar:

– Nessas incubadoras astrais eles recebem, constantemente, pulsos magnéticos para que se tornem aptos a renascer na Terra. Alguns, menos empedernidos, começam desde aqui a recuperar a forma humana. Observe.

Olga apontou para uma massa estranha dentro de uma incubadora mais à frente. Jéssica viu que, do meio da massa disforme, surgiam duas mãozinhas pequenas.

– O que significa isso?

– Significa um ovoide recuperando sua forma original. Dentro dessas incubadoras, há algumas espécies de reprodutores de som com gravações de palestras evangélicas, exortando-os ao perdão, ao bem, à caridade pura, falando de Jesus e de sua luz.

– Mas para quê? Eles não ouvem nada.

– Não ouvem em nível consciente, mas o inconsciente registra tudo e está sempre ativo. O inconsciente jamais está inativo. Mesmo quando alguém, na Terra, encontra-se em estado de coma, está em alerta captando tudo, mantendo as funções do corpo. É por isso que se recomenda conversas de teor salutar perante o paciente em coma, pois, além do inconsciente registrar, o espírito pode estar parcialmente liberto da matéria, vendo e sentindo tudo ao redor.

Jéssica lembrou-se de um fato ocorrido anos antes de morrer.

— Lembro-me de que meu tio Anísio sofreu um terrível acidente e ficou em coma. A mulher dele, em certa ocasião no hospital, conversou com ele pedindo que voltasse, que não a abandonasse, pois ainda tinham três filhos para criar e ela o amava muito. Nesse momento a mão de meu tio apertou a dela com força, e ela chorou muito emocionada. Eu estava na sala de espera e soube o que tinha acontecido. O médico, contudo, disse que ele nada tinha ouvido, que fora apenas um espasmo nervoso.

— A medicina ainda tem muito que aprender sobre o espírito. Aliás, os médicos terrenos só não curam muitas doenças humanas, porque não procuram curar a alma, que é a sede de todas as enfermidades.

Jéssica sentia-se um tanto atordoada com tanta informação, todavia, ela queria saber mais, principalmente como um ovoide poderia reencarnar.

Captando-lhe os pensamentos, Olga explicou:

— Os ovoides precisam recuperar a forma humana, e isso eles só conseguem, totalmente, reencarnando. Você viu essas duas mãozinhas aparecendo? É praticamente o máximo que pode acontecer. Alguns deixam sair perninhas, outros o nariz e a boca, mas o resto pode ser refeito apenas quando reencarnam. A reencarnação de um ovoide é sempre complexa. Quando ele é ligado ao útero materno, o feto geralmente tem má formação, e a mulher aborta espontaneamente nos primeiros meses de gravidez. Depois dessa primeira reencarnação, o ovoide volta mais forte, daí outra oportunidade reencarnatória acontece, e mais outras, até que se recomponha todo o corpo perdido. O corpo de carne é uma espécie de válvula que absorve as energias negativas do corpo astral e as elimina. Cada deformidade do feto significa o ovoide jogando fora uma imperfeição que possui.

— Então, é por isso que há tantos abortos na Terra? – perguntou Jéssica, impressionada com a informação.

— Nem sempre. Não podemos generalizar. Mas muitos abortos são, sim, uma ajuda daquela mulher na reconstrução de um corpo astral que se perdeu.

— Mas essas mulheres sofrem muito a cada aborto. Geralmente, elas ficam felizes com a gravidez, fazem planos para a criança, compram o enxoval. Toda família fica muito alegre.

– Essas mulheres não são escolhidas ao acaso. Todas, sem exceção, antes desse processo, são chamadas, durante o sono, a uma reunião neste ou em outros núcleos que tratam do mesmo caso, para saber se aceitam ou não fazer essa caridade. Nada é imposto. Algumas não aceitam e são compreendidas. A bondade e a justiça divina sempre atuam em tudo. Depois, a perda de um bebê esperado representa uma grande lição para a família. Lição de paciência, resignação à vontade de Deus, lições de esperança, desenvolvimento da fé. Nada é injusto ou está errado no universo.

Jéssica entendeu e as três mulheres continuaram a observar outros ovoides. Mesmo olhando a distância, o clima ali era de tristeza e opressão. E Jéssica começou a se sentir mal e pediu para se retirar do local.

Longe dali, Telma acomodou Jéssica em uma cadeira e lhe trouxe um copo com água. Jéssica tomou e, aos poucos, foi se recuperando.

– Por que senti tanta tristeza e opressão em meu peito?

– São as emanações deles. Só as capta quem se impressiona. Você se impressionou, é natural.

Jéssica olhou para Telma e pediu:

– Gostaria de sair daqui.

– Vamos sim, precisamos voltar para a Colônia Campo da Paz. Você precisa se nutrir.

– Nutrir? Mas não estou com fome. Espírito precisa comer?

Telma sorriu.

– Você não lembra que tomou um caldo reconfortante assim que acordou?

– Foi mesmo, mas é que eu achava que estava viva.

– Você está viva. O corpo que você usa agora possui todos os órgãos do corpo de carne e também possui todas as funções. Enquanto o espírito precisar reencarnar, ele manterá todas as funções em atividade. Chegando lá, explico melhor.

Jéssica e Telma abraçaram Olga afetuosamente e se despediram.

Jéssica ainda estava bastante abalada com tudo que vira. Nunca, em toda sua vida, poderia imaginar que após a morte do corpo físico houvesse um mundo tão cheio de coisas interessantes e diferentes. Achava que quando morresse, ficaria adormecida até o dia do juízo final, ocasião em que finalmente seria salva e moraria na cidade de Nova Jerusalém no céu. Todavia, nem ela, nem os evangélicos sabiam dizer o que fariam naquela cidade. A Bíblia referia-se a uma cidade rica, ornada de pedras preciosas, cheia de iguarias. Mas o que fariam por lá? Seu pai dizia que eles ficariam para sempre entoando hosanas ao senhor. Entretanto, ao imaginar tal situação, sentia tédio e em seguida pedia perdão a Deus por aquele pensamento.

 Imersa nesses pensamentos, saiu do parque hospitalar acompanhada de Telma.

A nova chance de Elias

Era madrugada quando Rute, sem conciliar o sono, levantou-se e andou pelo corredor às escuras, procurando o quarto de Elias. Não queria acender as luzes ou fazer barulho para que ninguém acordasse. Rute sabia que Elias tinha o hábito de dormir com a porta do quarto aberta, exceto quando passava mal e não gostava que ninguém o presenciasse tendo as crises.

Tateando no escuro, Rute, finalmente, chegou ao quarto do irmão. Girou a maçaneta devagar, entrou e fechou a porta. Elias dormia um sono agitado, sob a fraca luz do abajur. Rute recuou, não sabia se o acordava ou não, mas precisava fazer alguma coisa. Por fim decidiu ir a seu quarto.

– Elias, acorde, preciso falar com você – disse sacudindo-o pelo braço.

Elias, que sempre tivera o sono leve, acordou assustado.

– Rute, o que faz aqui a essa hora?

– Preciso te ajudar, não posso deixar que sofra mais.

– Se alguém pegar você aqui, não vai gostar.

– Acalme-se, ninguém vai nos flagrar conversando. A emoção de todos foi muito exaltada hoje, e a essa hora o efeito dos calmantes já os fez adormecer profundamente.

Elias olhou para Rute e sentiu o coração descompassar. Gostava da irmã de um modo muito especial.

Parecia que ela era uma deusa ou uma princesa saída dos contos de fada. Rute indagou:

– Por que está me olhando desse jeito?

Ele se assustou e, temendo trair o que sentia, disse:

– Estou curioso. Para você estar aqui a uma hora dessas, deve ser alguma coisa grave. O que foi?

Rute falou sem rodeios:

– Eu quero te ajudar. Não posso permitir que seja internado feito um louco.

— Não vai adiantar. Ninguém nesta casa pode com nosso pai e nosso avô. Você já está cansada de saber que a última palavra sempre é a deles.

— Mas há outras saídas. Esperei papai sair do escritório e, fingindo muita preocupação com seu estado, perguntei se havia conseguido contato com a clínica. Ele disse que não, mas que vai continuar tentando amanhã. Isso quer dizer que temos um tempo.

— Como temos um tempo? Não estou entendendo. Papai não conseguiu contato hoje, mas amanhã com certeza conseguirá. Essas clínicas caras fora do país sempre têm vagas e as internações são rápidas. Até o fim de semana estarei lá — Elias disse, com muita tristeza na voz.

Rute não se deu por vencida.

— Tenho um plano e, se você me ajudar, posso colocar em prática amanhã pela manhã. Com esse plano, vamos evitar que eles o internem.

— Não sei qual plano seria capaz de me livrar desse pesadelo.

— Irei dizer para o vovô e para o papai que durante a noite sonhei com o anjo do Senhor, que veio me dizer que você está curado e nunca mais terá nada.

Elias enrubesceu.

— Como? Você terá coragem de mentir?

– Eu não gostaria, porque a mentira é uma coisa muito ruim, mas nesse caso irá evitar um mal maior. Você sabe que de vez em quando tenho sonhos proféticos, coisas que se cumprem. Eles irão acreditar em mim.

– É verdade, mas não vai adiantar. Eu continuarei a passar mal, a ver e a ouvir as almas e os demônios.

– Não vai não, e eu sei como fazer para você se equilibrar.

– Você sabe como me equilibrar? Será possível? Será que poderei ser feliz? – Elias confiava demais na irmã, por isso um lampejo de felicidade passou pelo seu rosto.

– Tenho certeza que sim. Eu descobri o que você tem. É mediunidade.

– Aquilo que os espíritas têm?

– Não só os espíritas, mas todas as pessoas do mundo. No meu caso, os meus sonhos proféticos querem dizer que sou médium de premonição.

– Você só pode estar maluca. Se papai ouve o que está dizendo, seremos os dois internados.

– Ele não vai saber. Deixa eu te contar como descobri isso. Na faculdade tenho uma colega de quem gosto muito, chamada Mariana. Desde que você começou com esses problemas, eu conversei com ela, que, a princípio, não me disse nada.

Com o tempo, conforme seus sintomas foram se agravando e eu relatando a ela, Mariana não se conteve e acabou dizendo que é espírita e que o que você possui é mediunidade. Eu discuti com ela dizendo que essas coisas são do diabo. Ela me fez um pedido. Pediu que eu lesse um livro e que, se ao final da leitura, eu não acreditasse, poderia me devolver numa boa, mas se eu acreditasse em algo, o livro poderia ficar comigo. Ela me deu "O Livro dos Espíritos", de Allan Kardec.

— No começo, sentia medo até de tocar naquele livro, mas no íntimo eu sempre questionei a doutrina na qual fomos criados. Sempre achei as explicações muito simplistas e nunca me convenci por completo. Fazendo o curso de História, estudando a história do surgimento das grandes religiões, meus questionamentos aumentaram, e foi por isso que resolvi ler o livro escondida de todos. E nesse livro, eu me convenci de que o Espiritismo é a verdade da vida e, embora não saiba muito ainda, sei que é uma doutrina capaz de nos ajudar a viver melhor e a descobrir os mistérios que nos cercam. Tenho certeza de que você é médium e precisa se equilibrar e ter muita ajuda espiritual para ficar bem. Se você quiser, posso te ajudar.

Elias estava emocionado. Não aguentava mais sofrer com sua sensibilidade excessiva, não sabia como lidar com aquele mundo novo que se descortinava à sua frente e o que mais desejava era estar em paz e viver com tranquilidade. Contudo, ele sentia medo.

– Crescemos ouvindo dizer que o Espiritismo é uma doutrina do demônio, você não estará enganada? Papai sempre diz que o satanás tem mil caras e pode se transformar em anjo de luz para nos enganar.

Rute meneou a cabeça negativamente.

– O satanás pode ser tudo isso, mas tenho certeza absoluta de que ele não tem nada a ver com o Espiritismo, que é uma doutrina de bondade, amor, fraternidade, caridade, perdão e baseada nos ensinamentos de Jesus. Você acha que o diabo seria tão bom assim?

– Mas, está na Bíblia que ele pode se transformar em anjo de luz para nos enganar.

– Isso é verdade. O diabo se transforma em anjo de luz na pele de pessoas e situações que surgem em nossas vidas como coisas boas, mas suas intenções são de nos levar para a maldade, para o sofrimento, para o caminho errado. O Espiritismo não tem nada de ruim, ao contrário, quanto mais se aprofunda nele, mais se torna uma pessoa de bem, de boa moral, de boa conduta, e se transforma em verdadeira seguidora de Jesus. Por isso, essa passagem bíblica que fala das mil faces do demônio não tem nada a ver com o Espiritismo.

Elias, que confiava muito na irmã, perguntou:

– Então, o que tenho que fazer?

– Primeiramente, você não vai mais dizer nada do que vê a ninguém desta casa, principalmente ao papai e ao vovô.

– Mas não são apenas visões que tenho, eu me sinto mal de repente. Como vou fazer nessas horas?

– Nessas horas você vai me chamar, eu vou orar e lhe darei o passe. Você ficará bem.

– Passe? O que é isso?

– É uma transmissão de energias boas de uma pessoa para outra, seja ela desencarnada ou encarnada. Quando um encarnado se dispõe a dar um passe e possui boa vontade e bom coração, ele é assessorado por espíritos de luz, e a pessoa que o recebe recupera o equilíbrio e fica muito bem.

O rosto de Elias abriu-se num sorriso. Finalmente, ele poderia ficar bem, voltar a sorrir, ter uma vida normal.

– Basta fazer isso e ficarei bem para sempre? – ele questionou.

– Pelo que tenho lido, essa é uma forma de equilíbrio, mas todo médium precisará trabalhar em favor do próximo se quiser encontrar a paz definitiva.

— Mas isso é impossível. Nessa família jamais poderei me dedicar à mediunidade.

— Não pense assim. Você já é maior de idade e terá de aprender a enfrentar a opinião dos outros se quiser evoluir.

— Papai vai me colocar para fora de casa. Como vou me manter?

— Você está cursando Enfermagem, trancou esse semestre por causa dos seus problemas, mas está no último ano do curso, logo estará formado, poderá trabalhar e custear as próprias despesas.

— Mas eu não queria abandonar esta casa. Apesar de tudo, gosto deles e de você, da Mônica e, principalmente, da vovó.

— Não vamos pensar nessa possibilidade agora. Vamos nos concentrar em nosso plano. Lembre-se: se começar a passar mal, recolha-se imediatamente ao quarto, que eu irei em seguida, mas não diga nada a ninguém. Agora precisamos voltar a dormir.

Rute deu um beijo na testa do irmão e, com cautela, voltou para seu quarto. Ambos, dentro de seus corações, sentiam que podiam mudar e ser realmente felizes. Rute, antes de adormecer, fez singela prece de agradecimento por estar tendo a oportunidade de ajudar a quem amava com tanta fraternidade.

O plano

Pela manhã todos estavam reunidos na grande mesa da copa para o café da manhã. Como era costume, o senhor Altino fazia uma oração e lia um trecho da Bíblia antes de começarem a se alimentar.

Ninguém ousava dizer nada. Só Gabriel e Altino é que tinham o direito de iniciar alguma conversa, e as mulheres, mesmo podendo opinar, não tinham nunca a última palavra, nem podiam tomar decisões. Altino não cansava de afirmar que o apóstolo Paulo em uma de suas epístolas ensinava que "Cristo é a cabeça de todo homem, e o homem a cabeça da mulher; e Deus a cabeça de Cristo".

Dizia enfático que ali era a palavra do Deus vivo e, por isso, as mulheres deveriam sempre obedecer aos homens como mandava a santa lei.

Pouco depois de iniciarem a refeição, Altino perguntou:

– E então, Gabriel, conseguiu contato com a clínica em Washington?

– Ainda não, senhor Altino. Assim que terminar o café, voltarei a tentar.

– Papai, acho que o senhor e o vovô não deveriam mais internar o Elias – disse Rute, com muita educação e cautela.

O rosto de Altino cobriu-se de rubor, enquanto Gabriel não entendia o porquê de tamanha ousadia da filha.

– O que foi? Está enlouquecendo também, é? Quer ser internada junto com seu irmão?

O clima ficou pesado e dona Conceição e Mônica, apreensivas, começaram a orar em pensamento.

– Essa noite o anjo do Senhor veio me visitar em sonho – continuou Rute, calmamente.

Tanto Altino quanto Gabriel estavam atônitos perante a revelação de Rute.

Eles sabiam que Rute tinha encontros com anjos durante o sono. Aquela peculiaridade de Rute já tinha sido revelada a eles pelo Espírito Santo através de uma obreira da igreja. Muitas coisas que os anjos revelavam a Rute se concretizaram ou estavam na iminência de se cumprir, pelo menos era assim que pensavam.

Embora ela fosse jovem, eles a respeitavam, pois a própria Bíblia dizia que no futuro os jovens profetizariam e os anciões teriam visões. Só não aceitavam a condição de Elias, porque ele se encontrava com demônios e dizia ver pessoas falecidas.

Muito interessado, Altino questionou:

– O que o anjo lhe disse dessa vez?

– Ele veio como sempre, dentro de uma grande nuvem, cheio de luz. Afirmou que não era para o senhor internar o Elias, pois um milagre aconteceria a partir de hoje nesta casa e ele não teria mais nada.

O silêncio tomou conta do ambiente. Dona Conceição, emocionada, se pronunciou:

– Graças ao Senhor Jesus! Eu rezei muito pedindo um milagre para Elias. Finalmente aconteceu!

Enquanto a senhora chorava de emoção, Gabriel e Altino se olhavam sem saber o que dizer. Mas não tinham outra saída.

Se o anjo que costumava visitar Rute tinha vindo e dito aquilo, era porque era verdade. Gabriel, diante da afirmação do anjo disse:

– Então, devemos respeitar a vontade do Senhor. Se ele mandou o anjo avisar, é porque meu filho está curado de toda influência demoníaca.

Rute aproveitou a oportunidade e acrescentou:

– Olhem, o Elias hoje está mais corado e até agora não sentiu nada.

– É mesmo. Louvado seja Deus – Mônica se manifestou. – Um milagre aconteceu nesta casa. Temos de falar na igreja para que todos saibam.

Altino animou-se.

– Isso mesmo. Vamos hoje, durante o culto vespertino, dizer a todos que o demônio rondava Elias, mas que Jesus lhe deu livramento. Aleluia!

Todos repetiram em voz alta:

– Aleluia!

O café da manhã, então, seguiu mais animado. Altino e Gabriel conversavam, citando passagens bíblicas em que milagres aconteceram, e todos participaram da conversa.

Elias assistiu a tudo com certa insegurança. Até onde aquilo poderia ir? Estava começando a se sentir mal.

Sentia as mãos formigarem, e a ansiedade já se fazia presente.

Seguindo os conselhos de Rute, levantou-se naturalmente da mesa e anunciou:

– Agora quero ir ao meu quarto, ler a Bíblia e agradecer a Deus por esse milagre. Deem-me licença.

– Pode ir, filho, Jesus está do seu lado.

Ao perceber que Elias começava a passar mal, Rute também se levantou, mostrando-se alegre.

– Também quero ir com meu irmão para orarmos juntos por essa graça. Vamos, Elias.

Ambos subiram as escadarias e Rute notou que Elias estava prestes a ter uma crise. Eles se trancaram no quarto e ele se jogou na cama suando muito, tremendo e com medo.

– Por favor, Rute, me ajude, parece que vou enlouquecer.

– Tenha calma, a ajuda virá.

Rute repetiu em voz alta o Salmo 91 e em seguida fez uma prece.

– Senhor Deus, divino amigo e salvador Jesus, envia teus anjos para este quarto. Envia teus espíritos de luz, mensageiros do bem. Que a tua compaixão e misericórdia sejam derramadas sobre Elias neste momento para que ele se liberte de todo o mal. Ajuda-me, bondoso Deus, para que eu seja seu instrumento e com o passe eu possa ajudá-lo a ficar bem.

Rute não percebeu, mas naquele momento três espíritos iluminados surgiram no quarto e com suas luzes começaram a atuar nos chacras de Elias, derramando sobre ele energias de calma e paz, por meio das mãos dela.

Os espíritos inimigos do passado, que ali estavam provocando mal-estar e crises em Elias, devido à luz que inundava o ambiente, saíram correndo, temerosos.

Quando Rute finalizou o passe, Elias estava completamente bem. Admirado, tornou:

– O que aconteceu aqui foi impressionante, Rute. Apareceram três espíritos de muita luz. Dois homens e uma mulher. Eles fizeram uma espécie de massagem por todo meu corpo, retirando umas massas escuras que estavam coladas em mim. Vi também, claramente, quando vários espíritos que me olhavam com ódio saíram correndo atravessando a parede. Mas o que mais me impressionou é esse bem-estar que estou sentindo. É como se nunca tivesse tido a crise. Você é espetacular, minha irmã!

Rute estava emocionada.

– Não sou eu que sou espetacular, mas Deus e os espíritos superiores. Nosso plano deu certo. A partir de hoje, você encontrará o equilíbrio.

Ambos se abraçaram chorando de emoção. Elias disse:

— Se eu voltar realmente ao meu equilíbrio, logo voltarei a estudar. Senti que o passe funciona de verdade, quero me dedicar ao Espiritismo, nem que para isso tenha de sair desta casa.

— Assim é que se fala — tornou Rute alegre. — Mas, primeiro, vamos cuidar de seu bem-estar. Eu estou em férias e vou evitar ficar saindo muito de casa, pois você pode passar mal a qualquer momento. Mas você precisa evitar isso também, precisa colaborar.

— Como posso? É algo que me domina, não tenho forças sobre isso.

— Não, nada pode ter mais força que você, só Deus. Aparentemente, os espíritos dominam as pessoas, mas isso não é verdade. Toda ação espiritual, tanto boa quanto ruim, sobre os encarnados, só acontece com o aval da pessoa. Se você vem sendo atingido, é porque não está sabendo lidar com seus pontos fracos, não está trabalhando suas imperfeições.

— Eu não faço nada de mal.

— O mal não se resume a prejudicar os outros. Notei que você estava inseguro enquanto eu conversava e falava sobre o suposto anjo. Foi através de sua insegurança e de seu medo de nosso plano dar errado que eles conseguiram manipular você e fazer com que passasse mal.

Vendo que Elias não havia entendido bem, ela prosseguiu na explicação.

– Cultivar o medo, a insegurança, a raiva, a tristeza, a melancolia, o tédio, ou qualquer outra emoção ruim faz com que os espíritos inferiores e maus se aproximem de nós para nos prejudicar. Se quer ficar bem, precisa aprender a gerenciar os pensamentos, cultivar a fé, a coragem, a força, a alegria, o otimismo e orar muito. Não é fazer uma oração mecânica ou apenas leituras de salmos e outros textos bíblicos. É preciso orar com o coração.

– Você tem razão, minha irmã. Não sei por que sinto medo do nada e também sofro de melancolia desde pequeno. É como se a vida não tivesse nenhuma graça.

– Isso é porque seu espírito carrega no inconsciente algumas culpas do passado ou lembranças dolorosas de fatos que você viveu. Em alguns casos, a melancolia sem motivo, o vazio interior, o desencanto pela vida e até mesmo a depressão são provocados por traumas ou culpas do passado que ainda jazem em nossa alma.

– E o que faço para me ver livre disso?

– É preciso ter a consciência plena de que a culpa, o remorso, a autotortura não vão resgatar nenhum erro do passado. O que resgata nossos erros de maneira definitiva é o cultivo do amor, do perdão, do autoperdão e a verdadeira prática da caridade. Quando você conseguir isso e equilibrar o seu emocional, sua vida será plena de realizações.

– Você me ensina? – pediu ele carinhosamente.

– Vou te passar o que tenho aprendido, mas você também precisa estudar muito para entender o que se passa contigo. Vou conversar com Mariana e ela me indicará mais livros. Vou comprá-los e estudaremos escondido.

Elias, completamente refeito, abraçou Rute com muito carinho e a agradeceu novamente.

Depois que voltaram à sala, encontraram Mônica e dona Conceição conversando.

A avó, ao ver o neto tão bem, exclamou:

– Não sabe como me sinto feliz em saber que você não vai mais para um manicômio. Só mesmo a graça de Jesus para nos conceder um milagre desses.

Rute, piscando os olhos para o irmão, sem que ninguém percebesse, disse:
— É mesmo, só as graças de Jesus...

Religiosos em sofrimento

Na Colônia Campo da Paz, Jéssica banhou-se, trocou de roupas, alimentou-se, dentre outras coisas que jamais imaginaria fazer depois da morte de seu corpo físico. Naquele dia, assim que o sol despontou no horizonte, Jéssica acordou refeita, sentindo indescritível sensação de alegria.

E Telma e Jaime, parecendo adivinhar o momento de seu despertar, entraram logo em seguida em seu quarto, junto com uma moça que trazia nas mãos uma bandeja com suco e frutas.

Jéssica animou-se e disse:

– Café da manhã?

— Sim – respondeu Telma sorrindo. – Precisamos nos nutrir pela manhã, afinal, sempre temos um longo dia de trabalho pela frente.

— Você e Jaime se alimentam? – Jéssica perguntou com curiosidade.

— Nós nos alimentamos de outras formas, através dos nutrientes astrais contidos no ar. Mas nem pergunte como é esse processo, porque agora você não iria entender.

Todos riram e, enquanto Jéssica começava a comer, Jaime tornou:

— Telma a levará até sua casa para que veja como as coisas estão por lá. Como você está aprendendo e aceitando a sua nova condição de forma rápida e harmônica, você começará a estudar assuntos mais profundos, pois mais para frente, gostaríamos que nos acompanhasse numa tarefa especial.

O rosto de Jéssica demonstrou curiosidade, ao que Jaime respondeu:

— Vamos ajudar o pastor Clementino. Você o conheceu e ele também gostava muito de você. Sentiu bastante sua morte.

— Quem é pastor Clementino? – Jéssica não se lembrou de imediato, mas após alguns segundos, exclamou: – Eu me lembro agora! Pastor Clementino é muito querido por nossa família. Ajudou meu pai a fundar nossa primeira igreja, mas depois passou a discordar de algumas práticas de nossa doutrina e acabou fundando a igreja dele. Mas em que podemos ajudá-lo? Que problema ele tem?

– Por enquanto, não podemos dizer nada, apenas que você o mentalize em muita luz.

– É tão grave assim o que ele tem?

– Não pense em nada negativo. Pense nele envolvido em muita luz. Se aceitar ajudá-lo, estudar e se preparar, poderá ir conosco.

– Claro que sim. O pastor Clementino é uma boa alma. Muito bom, honesto, cumpridor fiel da lei de Deus. Se está sofrendo, quero muito ajudá-lo.

Jaime deu um belo sorriso e saiu.

Jéssica tentou saber mais a respeito da tarefa, mas Telma nada disse, apenas pediu que se concentrasse em sua casa.

Logo, as duas estavam na grande sala de estar da elegante e luxuosa mansão. O clima era de alegria e paz.

Sua mãe Conceição, junto com Mônica e Rute, conversavam amenidades com Elias, que sorria e demonstrava equilíbrio.

– O que está havendo aqui? – questionou Jéssica. – Tudo está alegre, sinto-me muito bem aqui, diferente de ontem. O que houve?

Telma respondeu:

– Esqueceu que lhe disse que seu filho teria uma chance de evoluir e reparar seus erros por meio do amor?

Ela meneou a cabeça confirmando. Telma continuou a explicar:

– Pois é isso que está acontecendo. Rute o está ajudando a encontrar o caminho do equilíbrio. Claro que não usou um meio bom, que foi a mentira, mas dos males o menor.

– O que de fato aconteceu? A expressão de Elias e as energias boas desta casa me fazem crer que houve um milagre.

– Vou lhe contar.

Telma narrou tudo o que havia acontecido em detalhes e, ao final, Jéssica, emocionada, disse:

– Deus é misericordioso. Graças a Ele, meu filho não mais sofrerá num hospício.

– Temporariamente, ele conquistará o equilíbrio e estará livre dessa prova, mas para que ele se liberte para sempre, será preciso muito esforço. O passado de Elias, como você já conhece, não é dos melhores, e os inimigos desencarnados estão à espreita, aguardando apenas um momento de fraqueza maior para levá-lo novamente ao desequilíbrio. Vamos orar para que ele siga as instruções da irmã e estude muito para entender sua mediunidade.

Jéssica dirigiu-se a cada um dos seus familiares, beijando-os na face. Naquele momento chorou muito. Como gostaria de estar ali no mundo físico convivendo com todos eles, principalmente com Elias! Se Deus lhe desse essa chance, seria a maior felicidade.

Telma aproximou-se.

– Notou que Elias a viu novamente?

– Sim – disse ela enxugando as lágrimas.

– Mas agora ele, embora ainda tenha se assustado, manteve-se firme e fingiu nada perceber.

– Como eu gostaria de estar no mundo! Como é cruel essa separação! Por que fui morrer tão jovem naquele acidente horrível?

– Acalme-se, Jéssica. A vida é sempre justa. Se você desencarnou naquele acidente, foi por um bom motivo. Você agora não se recorda de suas vidas passadas, mas com certeza é lá que está a resposta. Não se aflija, no momento certo você saberá.

— Você diz que minha morte aconteceu por um bom motivo? Não acho. Ninguém quer morrer, meu filho ficou órfão, meus pais experimentaram a pior dor do mundo, que é perder um filho. Como pode dizer que a morte é por um bom motivo?

— Quem criou a morte?

— O pecado! A Bíblia é muito clara: a morte é o salário do pecado.

— Será mesmo verdade? Você acha que os animais e as plantas pecam?

— Claro que não! Que pergunta mais sem sentido!

— Então, se eles não pecam, por que morrem? — perguntou Telma.

Jéssica não soube responder. Ela cresceu ouvindo seu pai ensinar que não era para a morte existir no mundo. Adão e Eva foram criados, iriam procriar e todos viveriam para sempre. Mas o homem desobedeceu a Deus no Jardim do Éden e por isso a morte entrou no mundo. Para ela não havia dúvidas, a morte era o resultado do pecado.

— Não sei dizer por que eles morrem, mas com certeza, no ser humano, a morte é por causa do pecado original, cometido pelos nossos pais Adão e Eva.

Telma a fez refletir.

– Já lhe ocorreu que essa morte como salário do pecado é a morte espiritual? Ou seja, a morte de uma vida plena e verdadeira dentro de nós?

– Como assim?

– Eu também concordo que o salário do pecado é a morte, mas não a morte física, mas sim a morte espiritual. Por exemplo: O que são os pecados? São os erros que nós cometemos durante a vida. Esses erros, aos poucos, nos deixam mortos por dentro. Mortos de preocupação, mortos de remorso, mortos de tristeza, de angústia, de depressão. Essa morte, sim, é o resultado do pecado, mas não a morte da alma, pois a alma nunca morre – uma verdade que você já constatou. Você se lembra da passagem em que Jesus manda "deixar os mortos enterrarem os seus mortos"?

Jéssica aquiesceu.

– Sim!

– Então, Jesus se referia aos mortos que, mesmo estando vivos fisicamente, estavam por dentro mortos de remorso e culpa pelos pecados ou erros cometidos. Se a morte física fosse só para os pecadores, Deus seria injusto, deixando que seres sem pecado como os animais, as plantas, os vírus, dentre outros, morressem. A morte não existe, Jéssica! E a grande prova agora é você que teve o corpo morto naquele acidente, mas continua viva aqui, falando, sentindo, chorando, sorrindo.

– Você tem razão, nunca pensei dessa forma. Mas ainda assim, é difícil aceitar a morte como um bem. Ninguém que vive na Terra quer morrer, aliás, a maioria tem pavor da morte.

– Mas o ser humano precisa ter, sim, medo de morrer, e sabe por quê?

Ela meneou a cabeça negativamente.

– Porque o medo é natural, faz parte do instinto de preservação da espécie. No caso dos animais, eles não raciocinam como nós, eles não sabem ao certo o que é morrer. No entanto, se você colocar um animal em uma grande altura e simular uma queda, ele ficará muito assustado e fará de tudo para preservar a sua vida. Por que isso? É que eles também possuem o instinto de preservação.

– Se todos os seres viventes, principalmente o ser humano, não tivessem o instinto que provoca o medo da morte, logo se entregariam a todo tipo de aventura, a todo tipo de risco, e acabariam por desencarnar mais cedo, deixando de cumprir o programa reencarnatório. Por sua vez, o que não podemos, de forma alguma, é deixar que esse medo se transforme em pânico, em fobia que adoeça e incapacite a pessoa. É por isso que as pessoas que têm fé em Deus, não importa qual seja a religião, não temem a morte como as demais pessoas. Claro que, igualmente, têm o instinto de preservação que lhes causa certo temor, mas jamais a temem com desespero, angústia ou pânico.

– Poxa, Telma, quanto tenho a aprender! Quanto tempo eu perdi na Terra!

– Não diga isso. Cada um aprende no seu tempo. Você não perdeu seu tempo. Programou sua vida para ser do jeito que foi e voltou para cá como uma vitoriosa. Foi boa filha, boa mãe, boa esposa e uma boa religiosa, sempre acolhendo a todos sem nenhuma distinção ou preconceito. Você cumpriu sua missão na Terra e, quando esse tempo acabou, você foi libertada e regressou para o verdadeiro lar.

Aquelas palavras comoveram Jéssica.

– Então, é por isso que você diz que a morte é boa? A morte é uma libertação?

– Sim, é por isso mesmo. A vida na Terra, por melhor que seja, pode representar uma prisão. Algumas vezes, de maneira inconsciente, alguém pode tentar sair, se libertar do corpo por se sentir preso, mas não consegue, porque não é a hora, então, pode cair em frustração. Assim, nesses momentos as pessoas sentem melancolia profunda, aparentemente sem razão, que chega sem avisar, e a vida pode lhes parecer muito penosa. Pode ser resultado do esforço para se libertar inconscientemente da responsabilidade de reajuste que assumiram junto ao plano espiritual.

— É por isso que Elias sente tanta melancolia? É o espírito dele querendo se libertar?

— No caso de Elias, não. Ele sente melancolia diariamente, isso não é normal. A melancolia à qual me referi vem apenas esporadicamente nas pessoas. A que Elias sente é por causa de seus erros passados e do sentimento de culpa que ele carrega no inconsciente.

Jéssica lembrou-se da narrativa sobre o passado do filho e pôs-se a pensar em como deveria ser difícil para alguém viver com aquelas culpas.

***

Muito tempo se passou. Jéssica aprendia cada vez mais sobre a vida após a morte. Sua crença em Deus e o seu bom coração a impulsionaram a aprender rapidamente, e logo estava pronta para o trabalho de socorro ao próximo.

Naquele dia, Telma chegou e disse:

— Está na hora de fazermos a visita que Jaime propôs. Vamos?

Jéssica aquiesceu e as duas se dirigiram à porta da Colônia para encontrar Jaime e mais quatro rapazes. Jaime olhou para ela e explicou:

– Nós vamos agora a um lugar muito diferente dos outros que você já visitou. Nós vamos ao umbral.

– O que é isso? Eu me lembro de já ter escutado essa palavra, creio que foi Telma quem a pronunciou, mas no momento não me interessei em saber o que era.

Jaime explicou solícito:

– O umbral é uma região purgatorial, onde os espíritos que alimentam sentimentos negativos de culpa, ódio, mágoa permanecem até encontrar certo equilíbrio e melhorar a ponto de serem socorridos e levados a uma colônia.

– É o purgatório que a Igreja Católica sempre mencionou?

– Não propriamente. A Igreja tem uma ideia muito vaga do que seja o mundo espiritual. O umbral é zona de muito sofrimento, semelhante ao que dizem ser o purgatório, mas também pode ser chamada de inferno por alguns. Você poderá observar algumas coisas desse lugar, mas não tudo, porque se trata de ambientes de muito sofrimento, que você não suportaria.

– É Deus quem leva esses espíritos para lá?

– Não, em absoluto! Quem os leva para lá são eles mesmos, com suas consciências culpadas, com seus padrões de pensamentos, com suas condutas fora da moral cristã. Depois da morte, cada um é atraído ao seu lugar de afinidade naturalmente. Ninguém leva ninguém para lugar algum. Só nos casos em que a pessoa fez o possível para ser boa, viver dentro das leis cósmicas, e mesmo quando errou, demonstra arrependimento sincero, é que os espíritos de luz, encarregados desse processo, os levam aos lugares de luz e refazimento.

Quando chegaram ao local, Jéssica viu que o ambiente era escuro, de vegetação rasteira e árvores secas de troncos e galhos retorcidos, onde uma espessa névoa cobria todo o lugar, deixando a atmosfera praticamente irrespirável.

– Com certeza estamos no inferno! – exclamou Jéssica.

– Você pode dar o nome que quiser. Nós chamamos de umbral. A diferença é que o inferno, que as religiões ensinam, é um lugar de tormentos eternos, onde quem está não pode mais sair. Mas essa não é a verdade.

– Mas isso é errado! – bradou Jéssica, falando com dificuldade. – Onde já viu sair do inferno? Deus jamais permitiria isso!

– Você acha mesmo que Deus negaria nova chance àquele que se arrepende? Você sabe, e está na Bíblia de forma muito clara: Deus perdoa sempre quem se arrepende com sinceridade.

– Mas isso é antes de morrer. Depois da morte, não pode mais existir perdão. É a condenação eterna.

– Você já sabe que a morte é só uma passagem para a outra dimensão. Aqui todos continuam vivos e, se continuam vivos, podem se arrepender e sair desse local, indo para outros onde encontrarão a paz.

Jéssica não se deu por satisfeita e fez menção à Bíblia.

– Na passagem do Rico e Lázaro, a Bíblia deixa claro que quem está no inferno não pode passar para o céu e quem está no céu não pode passar para o inferno. O Rico pede para sair, mas o pai Abraão diz não ser mais possível. A frase é clara: "Quem está aí não pode passar para cá, e quem está aqui jamais poderá ir pra lá."

Jaime explicou com segurança:

– Essa passagem mostra o que acontece muitas vezes no mundo espiritual. Lázaro queria ajudar o Rico, que se debatia nas trevas, mas não estava ainda em condições de ajudar. Já o Rico queria sair dali, mas não estava devidamente arrependido de sua soberba, de sua ganância e de sua avareza. Nesses casos, ninguém pode realmente sair de um lugar e ir para outro. A passagem bíblica está correta, pois fala de um momento de ambos os espíritos: do Rico e de Lázaro. Mas, assim que o Rico se arrependesse, poderia ser socorrido, do mesmo modo Lázaro, que se encontrasse em condições de ajudar, iria fazê-lo.

Jéssica tentou dizer mais alguma coisa, mas a um gesto de Jaime, calou-se. Ele prosseguiu com a explicação:

— O momento agora não nos permite mais aprofundamento no assunto. Prometo que, em outra oportunidade, prosseguiremos. Estamos aqui num local perigoso. Viemos para ajudar o irmão Clementino, que já se arrependeu dos inúmeros erros que cometeu durante a vida terrena. E você, Jéssica, deve manter o pensamento em Jesus mais do que nunca. Por essas regiões, vivem seres em grande perturbação. Então, muita atenção e vigiemos os nossos pensamentos.

— Jaime, você disse que iríamos ajudar o irmão Clementino, mas não pensei que ele estivesse nesse lugar horroroso. Irmão Clementino era uma pessoa ungida pelo Senhor, um homem de bem. Por que veio parar aqui? – perguntou Jéssica, sem entender.

– No momento certo, saberá. Agora vamos.

Eles se concentraram mais uma vez por ordem de Jaime e começaram a caminhar por entre pedregulhos, poças de lama e buracos de onde saía muita fumaça. Jéssica seguia muito assustada, contudo, a presença de Jaime e principalmente a de Telma a tranquilizavam. O que via era aterrorizante.

Homens e mulheres de diferentes idades andando a esmo, vestindo roupas puídas, parecendo mendigos da pior espécie. A maioria exibia feridas enormes por todo o corpo, outros não tinham olhos, ou exibiam os sinais de amputação de membros a exalar terrível mau cheiro. Mas o que mais a impressionou foi se deparar com animais estranhos com rostos humanos, passeando e urrando pelo local.

O grupo continuava a seguir por pequena trilha pedregosa, até que chegou a uma espécie de lago de águas turvas.

Na água, vários espíritos gritavam, gemiam, blasfemavam, choravam, pediam socorro, todos de uma só vez. Do meio do lago, saíam labaredas de fogo que se tornavam enormes e salpicavam os espíritos, que gritavam ainda mais.

Jaime olhou-os e pediu:

– Orem a Jesus. É aqui que o irmão Clementino se encontra.

Jéssica estava pensativa. Como aquele homem, tão bondoso e seguidor das leis de Deus, havia parado ali? Seria o diabo quem o havia levado?

Um dos rapazes do grupo ligou a luz de um grande holofote que trazia consigo e começou a clarear o lago.

O rosto de uma mulher cadavérica foi iluminado e ela pediu:

– Socorram-me, anjos do altíssimo. Não quero mais sofrer. Fui uma boa católica, pratiquei minha religião santamente. Não merecia ter morrido e vindo para o purgatório. Ainda bem que Maria Santíssima ouviu minhas preces e mandou vocês para me salvar e me levarem ao céu.

Jaime meneou a cabeça negativamente, e o holofote foi girado para outro rosto. Era o de um homem que parecia ter desencarnado em meia-idade. Seu rosto, de forma arredondada, mostrava feridas profundas por toda a pele. Ao ver-se iluminado, rogou:

— Ainda bem. Jesus é mesmo o Mestre amado, enviou os mentores de uma colônia superior para me resgatar. Sei que errei, mas não merecia ter vindo para cá, principalmente depois de tanta caridade que fiz no centro espírita. Levem-me. Quero ir para Nosso Lar, trabalhar lá.

Jaime novamente meneou a cabeça para o tarefeiro, e o holofote finalmente virou-se para o rosto de um senhor negro, de meia-idade, que também se debatia no meio dos outros. Quando viu a luz, disse emocionado:

— Os anjos vieram me buscar. Muito errei na vida, mas hoje estou arrependido, quero voltar a ser um homem de bem.

Jaime esclareceu:

— Este é Clementino. Recolham-no. Chegou a hora de ser ajudado.

Jéssica reconheceu o antigo amigo, mesmo com a aparência totalmente modificada. Chorou sentindo piedade, não apenas por ele, mas por todos aqueles que estavam ali. Era muito sofrimento.

Os tarefeiros abriram uma maca e, depois de tirarem Clementino do meio das águas, colocaram-no deitado. Ele chorava de emoção e não se cansava de agradecer a Deus a ajuda recebida.

A um sinal de Jaime, a equipe deixou o local.

Na mente de Jéssica, muitas perguntas permaneciam sem respostas.

A cada um segundo suas obras

Pela mesma trilha, a equipe retornou adentrando outro ambiente igualmente escuro, mas que revelava silêncio incomum, como se todas as vozes e ruídos daquela natureza insólita tivessem, por algum estranho milagre, se calado.

Jéssica seguia orando, conforme a orientação de Jaime. Olhava para os lados e o que via eram espécies de caatingas ou matas selvagens virgens, e, somente de imaginar o que poderia haver ali, sentia tremor por dentro.

Só os gemidos de Clementino eram o que, por vezes, quebrava o sinistro silêncio que se fez.

– Estamos nos aproximando de uma zona de tratamento que fica nas regiões umbralinas. Neste local, os espíritos que são resgatados recebem os primeiros socorros e, assim que ficam relativamente bem, são conduzidos para as colônias – explicou Telma.

– Por que aqui não se vê a luz do sol? – Jéssica quis saber.

– As emanações dos espíritos que vivem aqui criam formas-pensamentos que estabelecem uma egrégora negra, quase palpável, que cobre o céu e impede que a luz penetre quase que totalmente. Se você notar, verá que não é tão escuro quanto a noite o local onde estamos, embora em outros, seja totalmente trevas. Mas aqui o sol ainda consegue enviar seus raios.

– É verdade, parece um fim de tarde de inverno. Mas é tudo muito triste e frio.

– Tudo o que você vê neste local é criação dos espíritos que habitam a região. São as emanações dos pensamentos culposos que criaram este lugar.

– Eu pensei que este lugar havia sido criado por Deus para castigar os pecadores.

Telma sorriu terna.

– Você tem muito que aprender. Deus não criaria um ambiente desses para seus filhos. São eles mesmos que, após a morte, foram chegando ao espaço e, mesmo sem perceber, foram plasmando esse ambiente de acordo com as suas crenças. O pensamento é uma força viva. Por isso, precisamos sempre prestar atenção ao que vai em nossa mente para não permitir que nenhum pensamento negativo a atravesse.

Elas pararam de conversar no momento em que começaram a divisar uma luz muito fraca ao longe.

– Aquela luz fica na porta da Casa de Amparo. É um sinal para os visitantes a identificarem ou para espíritos arrependidos buscarem ajuda. Nem todos estão naquela situação lastimável. Muitos estão bem melhores e vagam pelo umbral. Quando se arrependem e começam a buscar ajuda, são intuídos a procurar casas como esta. Não existe apenas uma, mas várias espalhadas por todo o umbral.

– Mas há espíritos bons que se dedicam a ficar neste local sombrio e triste só para ajudar quem sofre?

– Sim, Jéssica. Para alguns ainda é difícil entender como é possível a algumas pessoas renunciarem a si mesmas em prol do semelhante. Só quando evoluímos, é que passamos a entender tais atos de extremo desprendimento. Qual o egoísta que deseja deixar uma vida de delícias e prazeres, onde o sol brilha alegre e constante, onde a brisa suave lhe acaricia o rosto, onde todos vivem alegres, para ficar aqui e ajudar os que sofrem? Os egoístas não têm esse desprendimento e não os estou criticando, afinal, cada um está num nível de evolução próprio. Só desejo salientar que é preciso grande dose de desprendimento e humildade para trabalhar em um local como este.

Jéssica emudeceu. Ela mesma não sabia dizer se teria tal desprendimento.

Eles foram se aproximando da casa, que parecia mais aquelas casinhas de barro, feitas no meio de zonas rurais, por pessoas sem condições de possuir uma vida melhor. Mas quando Jéssica chegou mais perto, viu que era uma casa muito maior, embora o material usado para a construção parecesse mesmo ser o barro.

Os socorristas adentraram levando a maca onde Clementino, com os olhos semicerrados, ainda gemia.

Ao entrarem, Jéssica assustou-se com a simplicidade do local. Era uma sala grande, parecendo uma enfermaria, mas as camas eram toscas e o ambiente era iluminado por pequenos archotes que produziam uma luz bruxuleante, mas que permitia distinguir os diversos leitos. Jéssica não contou, mas parecia haver mais de cinquenta leitos ali.

Os socorristas tiraram Clementino da maca e o colocaram sobre uma cama que estava vazia. Logo, alguns trabalhadores da casa passaram a cuidar do nosso paciente.

Enquanto os primeiros cuidados eram providenciados, Jaime cumprimentava o responsável por aquela casa de amor.

– Muita paz, irmão Benito. Finalmente, conseguimos trazer o Clementino.

Benito sorriu.

– Muita paz a todos. Graças a Deus ele se rendeu ao arrependimento. Já estava mesmo na hora. Por favor, sentem-se.

Apenas naquele momento foi que Jéssica percebeu que havia uma mesa ali e várias cadeiras. Estava tão absorta em suas observações que não tinha prestado atenção aos objetos próximos.

Quando todos se sentaram, Benito olhou para Jéssica com carinho.

– Vejo que é novata no grupo, deve ser aprendiz, não é?

– Sim – respondeu timidamente. – Fui convidada a vir com o grupo para aprender mais sobre a vida astral. Fui evangélica em minha vida terrena e, em razão dessa crença, passei vinte anos dormindo depois que morri.

Benito encantou-se com a humildade de Jéssica.

– Mas vejo que pôde acordar entre amigos que a querem bem. Isso mostra que, durante sua vida terrena, foi uma pessoa boa, que viveu dentro das leis de Deus.

Os olhos dela brilharam quando disse:

– Sim, sempre fiz tudo que o Senhor mandou em sua palavra. Tenho estudado muito, mas ainda permaneço com muitas dúvidas.

– O que você quer saber? – Jaime perguntou.

– Não entendi por que o irmão Clementino, uma pessoa tão boa, foi parar naquele lugar terrível e ainda está ali naquela cama, com o corpo cheio de feridas, gemendo e sofrendo.

– A justiça de Deus jamais se engana. Jesus já nos alertou há dois mil anos que a cada um seria dado conforme suas obras. Se na Terra as pessoas conseguem enganar umas às outras com suas falsas posturas de humildade, bondade, subserviência, caridade e amizade, aqui, deste lado da vida, não há enganos. O mundo espiritual é o mundo da verdade. Ninguém consegue mentir nem esconder mais seus sentimentos – Benito tornou bondosamente.

– Quer dizer que...

– Quer dizer que o irmão Clementino tinha bondade apenas na aparência. Foi um grande divulgador do Evangelho na Terra através de suas igrejas, mas era um homem cruel, um verdadeiro déspota no lar. Vivia irritado por pouca coisa e batia na esposa constantemente. A senhora Elvira, hoje idosa e ainda encarnada, apanhava com grossos cintos de couro em lugares do corpo que ninguém podia ver.

Jéssica colocou a mão na boca num gesto de horror.

– Então, era por isso que ela vivia triste?

– Não apenas ela vivia triste, mas também os seus filhos. Em casa, a última palavra era sempre a dele, que agia com agressão e prepotência. Aquele homem sorridente, amável, bondoso e carinhoso, que pregava a mansidão, a brandura e a generosidade nos cultos dominicais, no lar assumia posturas que o deixavam muito aquém de um cristão de conduta reta, digna e exemplar. Tanto dona Elvira quanto seus filhos sentiram-se aliviados quando ele morreu, ainda que tivesse sido assassinado.

– Meu Senhor! Como as aparências enganam! – murmurou Jéssica desapontada. Mas logo quis saber e perguntou:

– E por que ele foi assassinado?

– A polícia jamais encontrou pistas e o caso foi encerrado por falta de testemunhas e provas. Ele foi pregar em uma igreja em uma cidade do interior e foi morto a tiros quando voltava por uma vicinal. Ele não portava dinheiro e nenhum pertence seu foi levado. Todos estranharam na época, pois o pastor Clementino era muito bondoso com todos e não possuía inimigos.

Benito continuou a explanação:

— Ocorre que o pastor Clementino apaixonou-se perdidamente por Ângela, uma das membras de sua congregação, e a seduziu. Logo se tornaram amantes. Na verdade, as muitas viagens que ele realizava tinham a finalidade de encontrá-la em hotéis caros e de luxo.

— O senhor está querendo dizer que ele, além de ser um monstro em casa, ainda era adúltero?

— Sim, e era um caso de duplo adultério, pois Ângela era casada com Vicente, que também fazia parte da igreja.

Jéssica fez novo gesto de susto.

— Lembro-me dela. Logo a Ângela? Que tanto pregava a rígida moral?

— Em alguns casos, o moralista quer encobrir, com seu discurso, os erros que comete ou deseja cometer. É prudente não confiar neles. Ângela traía o próprio marido com Clementino, mas Vicente descobriu e armou uma emboscada para matá-lo. O crime foi bem feito e ninguém jamais descobriu. Quando Clementino acordou, estava no umbral sofrendo, do mesmo modo que muitos pastores e estudiosos mais profundos da Bíblia, uma vez que sabia da existência da vida após a morte, por isso não ficou dormindo, e desde aquele tempo, vem sofrendo os horrores do lugar que julga ser o inferno. Sua consciência não o deixa em paz. Somente agora, com sincero arrependimento, é que pôde ser socorrido.

Ao ouvir aquela revelação, Jéssica chorava profundamente sentida com aquele drama. As pessoas fingiam, criavam uma imagem e, em cima disso, sentiam-se no direito de criticar, julgar e condenar os outros. O pastor Clementino era muito amoroso, mas sempre fazia questão de, durante suas pregações, criticar e julgar os adúlteros, os prostituídos, os homossexuais e todos aqueles que, segundo ele, viviam na imoralidade. Mas como podia julgar os outros se ele mesmo fazia?

Sem aguentar a pressão dos próprios pensamentos, ela bradou com os punhos cerrados:

– Não quero mais ser evangélica! Essas pessoas não prestam, todas são imundas, pecadoras, imorais e ainda se sentem no direito de criticar e julgar os outros. Eu os odeio!

Foi a vez de Telma intervir e argumentar:

– Acalme-se, querida, procure não pensar dessa forma. Jamais devemos generalizar. Assim como existem evangélicos que fazem coisas erradas, existem os que são sinceros e seguem suas doutrinas com fé e autenticidade. Você mesma é um grande exemplo disso – esclareceu Telma.

– Além disso – atalhou Jaime com calma – em todas as religiões e doutrinas, vamos encontrar pessoas boas, dignas e honestas, assim também vamos encontrar pessoas que fazem uso indevido das próprias crenças, enveredando pelo fanatismo, sem vivenciar o que acreditam ou pregam. Você se lembra que lá no lago havia uma mulher católica e um homem espírita que não puderam ser socorridos?

Jéssica, enxugando as lágrimas com as costas das mãos, meneou a cabeça positivamente. Jaime prosseguiu na explicação:

— Eles não puderam ser socorridos porque não se modificaram realmente. Desejam somente se libertar de seus sofrimentos sem operar a mudança interior. A Vida é justa, e recebe o socorro do Alto apenas quem faz por merecer.

— O que aquela senhora católica fez para merecer tanto sofrimento?

— Durante a vida terrena, era uma religiosa assídua a quase tudo que a Igreja Católica oferecia. Participava de todas as missas, trabalhava na condição de voluntária em creches, comandava um grupo de senhoras igualmente católicas que faziam roupas para crianças carentes. Contudo, fazia uso da palavra de forma demasiada, julgando e condenando a tudo e a todos. Com o objetivo de preservar a moral, delatou inúmeros casos de traições conjugais entre membros da paróquia; frequentemente ela fazia comentários preconceituosos contra mulheres separadas, homens e mulheres homossexuais, casais que segundo ela praticavam sexo antes do casamento, e todo tipo de ocorrência que, em seu parecer distorcido, era pecado. Mas seu pior erro eram suas intenções. Ela delatava as pessoas em nome da moral, mas com o intuito de fazê-las sofrer. Ela se comprazia em ver as pessoas em apuros, angustiadas pelos problemas, brigando com seus parentes no lar. Vivia de terço na mão orando quase todo o tempo, mas quase nunca meditava nas verdades da vida.

Jéssica mais uma vez estava surpresa. – E por que ela era tão maldosa?

– A resposta estava em sua própria vida familiar. Casou-se por imposição dos pais e jamais foi feliz no casamento. O marido, que não a acompanhava na religião, era muito sedutor e a traía até com as empregadas da casa. Gostava de festas, de beber e não raro chegava a casa com o dia amanhecendo.

– Ela era uma mulher profundamente infeliz e quase toda pessoa infeliz quer ver os outros em igual situação. Quem está de bem com a vida deseja a todos muita felicidade, paz e amor. Sempre que você encontrar criaturas amargas, irônicas, que espalham a desarmonia onde vivem, tenha a certeza de que está diante de pessoas profundamente frustradas. Essas pessoas, em vez de usarem a própria força para resolver seus problemas e encontrar a própria felicidade, o que fazem é provocar a infelicidade nos outros. Infelizmente, não aprenderam as lições da vida.

— E o espírita? Qual a causa de seus sofrimentos?

— Aquele senhor era um moralista e hipócrita quando vivia na Terra. Muito estudioso da doutrina, dizia tudo saber e deixou-se facilmente levar pela vaidade. Fez, realmente, muita caridade no centro onde trabalhou por toda vida, mas, diante de tanta luz que o Espiritismo passava, ele não aproveitou. Viveu dentro da doutrina espírita por mais de sessenta anos e era uma pessoa crítica, que discriminava os mais pobres e guardava muita mágoa no coração. Era extremamente melindroso e conseguiu afastar, um a um, os frequentadores do centro que divergiam em ideias. De todas as religiões e doutrinas da Terra, a Espírita é a que mais traz responsabilidade ao homem que a professa ou que a conhece. Não por ser a melhor de todas ou trazer a verdade absoluta, é que o Espiritismo não tem figuras de linguagem, alegorias, tudo é muito bem explicado de forma clara e inequívoca. Ele traz mais conhecimentos e, como disse Jesus, "a quem mais é dado, mais será cobrado."

— De todos aqueles religiosos presos àquele lago, os espíritas talvez sejam os mais irredutíveis e os mais difíceis de conseguir ajuda, porque desenvolveram grande orgulho e vaidade excessiva que não os deixa reconhecer que estão errados.

Jéssica, curiosa, continuava a indagar: – E por que todos ali eram religiosos? E por que se reuniram?

– Aqui no mundo espiritual, as pessoas se reúnem pelas afinidades de pensamentos, atitudes e sentimentos. Todas aquelas pessoas estão se considerando alvo de injustiça, pois, mesmo com longos anos de atividade religiosa no mundo, foram levadas àquele lugar. O sentimento de indignação contra a religião os atraíra para o mesmo ambiente.

– Mas não seria melhor que estivessem separados? Juntos irão ainda mais alimentar esses pensamentos equivocados de injustiça – disse Jéssica tentando entender melhor.

– Ao contrário – respondeu Jaime. – A vida os deixa reunidos no mesmo ambiente para que sirvam de espelhos uns para os outros e, com isso, aprendam que não foram vítimas, mas criadores do próprio sofrimento. Esse processo é longo na maioria das vezes, mas sempre eficaz. Na Terra acontece o mesmo. Sempre que estamos com algum problema, pessoas que cruzam nosso caminho apresentam problemas idênticos ou bem semelhantes, para que, ao vê-las, possamos nos enxergar melhor e mudar nosso comportamento.

– Você é um sábio, Jaime. Com sua companhia, tenho aprendido muito. Como a vida é cheia de mistérios.

– Minha sabedoria vem das experiências que vivi e porque procurei aprender com tudo que passei. Mas ainda me considero um aprendiz. E quanto aos mistérios da vida, realmente ela tem muitos, mas são revelados apenas àqueles que têm maturidade para entender. Até lá é preciso muita paciência e, principalmente, muita vivência. Agora vamos? Deixemos o Clementino aos cuidados de Benito e sua equipe e, assim que ele puder, nos mandará informações sobre seu estado.

– Quero mesmo saber como ele reagirá ao tratamento – disse Jéssica. – Embora tenha cometido grandes pecados, sinto muita estima por ele.

Benito comprometeu-se em deixar Jaime e Telma informados a respeito do caso e, após o encontro, todos se despediram e voltaram para a colônia onde habitavam.

Evangélicos por amor

Várias semanas se passaram, e Jéssica já estava bem habituada à rotina da colônia. Passou a frequentar um curso sobre estudos bíblicos à luz da espiritualidade e, encantada com o que aprendia, ficava cada vez mais surpresa ao perceber que a realidade da vida após a morte, da reencarnação e da mediunidade estava presente em muitos livros bíblicos, mas que ela, envolvida pelas crenças do mundo material, não as havia percebido. Seguia sua vida de desencarnada, alegre e feliz, embora a saudade da casa terrena e dos entes queridos machucasse muito seu coração. Mas Telma lhe garantia que estava indo tudo bem, e que Elias seguia estudando sobre sua mediunidade e se equilibrando, ao lado da irmã.

Naquela tarde, quando Jéssica saiu da sala de aula, procurou por Telma e a encontrou no jardim à sua espera.

— Gostou da aula de hoje?

— Muito! — exclamou feliz. — Como estava tudo tão claro e eu não via?

— Porque não era o momento de você entender as coisas desse modo. Cada coisa na vida tem sua hora. Na Terra era para você viver dentro daquelas crenças e se sair bem com elas. Isso você conseguiu e voltou vitoriosa ao astral.

O semblante de Jéssica fechou-se ao dizer:

— Sinto muito pelos meus irmãos de crença que não fazem o que pregam. Até hoje não esqueço o que aconteceu com o irmão Clementino.

— Realmente é muito triste, mas o que importa é a chance que Deus sempre dá a todas as pessoas de refazerem seus caminhos por meio do arrependimento e da reencarnação.

— Telma, e aqueles que iguais a mim acreditaram no fim da vida após a morte, mas que não agiram bem na Terra, onde eles se encontram?

– Em albergues no umbral, semelhantes àquele onde o irmão Clementino ficou. Eles estão igualmente dormindo, mas, diferente do sono dos justos, eles permanecem em estado de perturbação. Enquanto seus espíritos dormem indefinidamente, suas mentes estão povoadas de pesadelos horríveis que não os deixam em paz um segundo sequer. Nesses pesadelos todos os seus erros são mostrados com riqueza de detalhes e, junto com eles, imagens de monstros horrendos e do próprio satanás que eles imaginam que existe, os persegue. Somente quando reencarnarem, é que terão um pouco de paz, mas logo na adolescência ou mesmo na infância, pode ocorrer que sejam vítimas do Transtorno Obsessivo Compulsivo, fruto dos sonhos impertinentes que alimentaram durante a passagem no astral.

– Que triste!

– Sim, errar faz parte da aprendizagem, mas o que faz realmente sofrer é permanecer deliberadamente no erro.

De repente, Jéssica perguntou:

– Então, será este o destino de meu pai e de Gabriel? Eles são falsos religiosos.

– Não podemos afirmar nada agora, pois eles podem mudar o rumo de suas vidas, se arrependerem e retornarem ao caminho do bem maior. Enquanto há vida, há esperança.

— Acho muito difícil eles voltarem atrás — lamentou Jéssica. — A ambição e os vícios materiais os consomem.

— É difícil, mas para Deus, nada é impossível. Vamos continuar orando muito por eles e por todos aqueles que, em nome da religião, deixam-se levar pelos sentimentos ruins. A maioria dos religiosos na Terra, lamentavelmente, está em tal posição.

Telma fez pequena pausa e, mudando o semblante, disse:

— Gostaria de convidá-la para um passeio hoje à noite. Se você concordar, acredito que vai gostar muito.

— Para onde quer me levar?

— Quero lhe mostrar o outro lado dessa história. Vamos visitar uma igreja evangélica onde tanto os pastores quanto seus membros estão buscando o verdadeiro bem. Quero que você esteja lá para observar o que acontece num ambiente onde o bem predomina.

O rosto de Jéssica iluminou-se de alegria. Saber que existiam pessoas de sua crença que eram verdadeiras, agiam com seriedade e dentro dos princípios de Jesus, a deixava muito feliz. Ela, embora estivesse aprendendo muito sobre outros assuntos a que não dera importância na Terra, ainda continuava sendo evangélica, pois tinha muito amor por aquela doutrina. Disse isso a Telma, que lhe recomendou fazer o que mandasse seu coração, dizendo que a religião não era o mais importante, mas sim o amor.

Ela sorriu feliz.

– Quero muito ir. Quando partiremos?

– Logo após as dezoito horas, depois de nossa oração coletiva. Chegaremos lá mais cedo, antes do culto, que se inicia às dezenove horas.

Tudo combinado, as duas saíram abraçadas de volta ao prédio.

Nessa época, Jéssica não estava mais no parque hospitalar, ela morava numa casa singela e muito bonita com sua mentora. Telma lhe explicara que, para ela ganhar uma casa só sua, deveria trabalhar muito para conseguir o número de bônus-hora suficiente para essa aquisição. Jéssica estava gostando muito de morar com sua mentora, mas queria um lugar que fosse somente seu. Gostava de trabalhar e, assim que estivesse pronta, começaria.

Após a prece coletiva, um momento que trazia muita alegria ao coração de Jéssica, Telma e Jéssica partiram para a crosta. Chegaram a um bairro humilde em uma rua bem iluminada e pouco movimentada. Caminharam um pouco e logo estavam em frente a uma igreja, igualmente humilde, cujo letreiro pintado à mão dizia:

"Igreja de Jesus Cristo: O Caminho, a Verdade e a Vida."

– Que nome lindo! Nunca vi essa igreja – Jéssica exclamou.

– Ela foi construída faz algum tempo. Seus líderes, o casal Damião e Valéria são pastores. Eles vieram de outra denominação religiosa, na qual ficaram durante algum tempo, mas passaram a discordar de muitas coisas que aconteciam lá e resolveram se afastar. Com eles veio um grupo de dez pessoas, que hoje cresceu e já possui mais de mil seguidores.

– Mil? Mas essa igreja é pequena, não deve caber nem cem pessoas aí dentro.

– É que eles abriram outras em outros pontos da cidade. Trouxe-a aqui porque é nessa igreja que o pastor Damião e sua esposa mais atuam. Eles estarão aqui hoje. Vamos aguardar em prece.

Jéssica não entendeu por que Telma pedira que orassem, mas logo compreendeu. Circulando a igreja, estavam alguns espíritos maltrapilhos, semelhantes aos que ela vira no umbral. Perguntou com medo:

– O que esses seres fazem aqui?

– Vieram em busca de ajuda.

– Mas aqui? Eles deveriam estar na porta de um centro espírita, não acha?

– Nem sempre. Muitos espíritos procuram os centros espíritas, mas outros também procuram as igrejas evangélicas, principalmente aquelas que trabalham expulsando os demônios. Eles estão aqui porque sentem que neste lugar irão receber ajuda. Não são espíritos maus, mas sim perturbados e sofredores.

– Mas eles serão expulsos pelos pastores, não serão ajudados.

– Pode ser em outra igreja, não nesta. Continue orando e logo saberá tudo.

Jéssica obedeceu e começou a pensar em Jesus.

Poucos minutos depois, um carro simples parou em frente à igreja e o casal de pastores, junto com seus dois filhos, desceu. Abriu a grande porta de madeira e entrou.

Jéssica e Telma fizeram o mesmo. Logo, ela notou que havia muitos espíritos iluminados ali dentro, enviando energias positivas, fazendo o que parecia ser uma espécie de limpeza.

Telma explicou-lhe lendo seus pensamentos:

– Esses espíritos são servidores da luz e atuam em todos os templos onde imperam as boas intenções. Não importa se são templos evangélicos, católicos, umbandistas ou espíritas. Onde houver pessoas de bom coração, trabalhando para o bem da humanidade, eles estão.

— E o que eles estão fazendo agora?

— Estão limpando o ambiente em sua parte astral. Retirando dele todos os fluidos e energias negativas que possam prejudicar alguém. Nunca notou como o ambiente de determinadas igrejas possui uma energia diferente? As pessoas entram e, mesmo sem saber por que, começam a se sentir em paz, acalmam suas inquietações, ficam muito bem. É que esses ambientes são limpos pelos espíritos de luz, que, além da limpeza energética, lançam fluidos calmantes, de alegria e de paz no ambiente. Esses espíritos chegam muito antes de começarem os cultos ou as reuniões. Agora já estão terminando o trabalho.

De fato, Telma percebeu que eles logo acabaram a tarefa e se foram. Aos poucos, foram chegando os membros daquela congregação. Eles se cumprimentavam alegremente e sentavam em seus lugares. Havia bancos grandes de madeira para os adeptos e um pequeno púlpito composto de uma espécie de balcão, onde ficavam uma Bíblia e mais alguns livros evangélicos.

Às dezenove horas em ponto, o pastor Damião fechou os olhos e pediu a Deus proteção e direção para aquele culto. Rogou as bênçãos e as graças de Jesus, dizendo que, mesmo sendo pecadores, sabiam que a graça do Alto jamais faltaria.

Naquela hora, Jéssica, que estava sentada na última fila com Telma, vislumbrou uma bela cena.

Viu surgir detrás do púlpito uma grande escada por onde inúmeros espíritos de luz, com suas vestes diáfanas e auras brilhantes, desciam. Dois deles, um senhor de meia-idade e uma senhora parecendo um pouco mais jovem, acercaram-se do pastor, iluminando-o ainda mais.

Os demais espíritos que também desceram, foram se postar ao lado de cada um dos presentes, colocando as mãos sobre suas cabeças.

O pastor leu a "Parábola do Semeador" e começou a discorrer sobre ela. Sua palavra fácil e emocionante, inspirada por aqueles dois espíritos, arrancou lágrimas sinceras de muitos que o escutavam. Falou da bondade, da caridade, do perdão das ofensas, da necessidade de pureza de coração, como condições essenciais para entrar no Reino dos Céus. Depois falou um pouco sobre a "Parábola do Festim de Bodas", dizendo claramente que, quem não vestisse a túnica nupcial, que significava ter puro o coração e não julgar ninguém, jamais entraria no Reino do Pai.

Quando ele se preparava para encerrar sua fala, Jéssica percebeu que um dos espíritos maltrapilhos passou correndo pelo meio da igreja e acoplou-se a uma jovem loura, que começou a tremer e suar frio.

O pastor Damião pediu:

– Meus amigos, o Senhor Jesus Cristo está conosco. Ele nos deu a autoridade de expulsar os espíritos impuros se tivéssemos fé. A moça continuava a tremer e clamava por socorro. O pastor aproximou-se dela, colocou a mão em sua cabeça e disse:

– Em nome de Jesus, afasta-te daqui!

Não havia em sua voz nenhum tom de censura ao espírito ou de raiva por ele ter invadido o recinto. Sua palavra foi de amor. No mesmo instante, alguns espíritos de luz que estavam ali, reuniram-se e afastaram o espírito perturbado da médium em desequilíbrio. Um deles disse:

– Já tomou o choque anímico, foi ajudado, agora poderá partir rumo à recuperação.

Outros espíritos desceram da escada trazendo uma maca e, com o espírito desmaiado, colocaram-no nela e voltaram a subir pela escada.

O pastor, vendo que a moça se recuperava ajudada pela mãe e outros membros da congregação, orou a Jesus agradecendo por ter afastado aquele irmão da menina.

A pastora Valéria convocou todos para cantar, e logo uma bela música invadiu o ambiente.

Jéssica notou que, ao som da música, os espíritos de luz estavam dando o passe nos presentes.

Todos retornaram para suas casas, felizes e revigorados com tudo que tinha acontecido.

O pastor, sua mulher e seus filhos, auxiliados por outros membros, fecharam a humilde igreja e foram embora.

Do lado de fora, Telma disse:

– Aqui vimos o exemplo de uma religião bem dirigida com o único fim de ajudar o semelhante.

– Nunca vi nada parecido, estou impressionada – exclamou Jéssica.

– O bem verdadeiro sempre impressiona. Muitos templos terrenos não têm a proteção nem o amparo da espiritualidade superior como este tem. A maioria é guiada por espíritos maus e fascinadores que usam da vaidade, da ambição e da ganância para fazer o que bem desejam com seus líderes.

– O que fazer para contar com uma proteção tão divina dessas?

– Só a humildade e a verdadeira bondade é que atraem para os templos espíritos dessa natureza. Eles se afastam ao primeiro sinal de vaidade, preconceito, irresponsabilidade, personalismo e egoísmo.

Jéssica calou-se refletindo em como na Terra muitas pessoas estavam iludidas, frequentando templos de onde a espiritualidade maior está distante. Contudo, distendeu o rosto num largo sorriso ao imaginar que, onde reinava o amor e a humildade sempre estavam presentes os mensageiros de Deus.

Depois de terminarem a conversa, as duas retornaram para Campo da Paz.

A lei de causa e efeito se cumpre

Alguns meses se passaram e Jéssica continuava os estudos e progredia muito no plano espiritual. Fazia algum tempo que não ia à casa de seus familiares terrenos, mas Telma e Jaime garantiam que tudo estava indo bem.

Contudo, nos últimos dias, Jéssica não estava se sentindo bem. Angústia inexplicável tomava conta de seu ser, e a sensação de que um grande perigo se aproximava a deixava apavorada.

A princípio, tentou ocultar dos amigos o que sentia, mas sabia que as sensações estavam mais fortes e, assim que Telma chegou em casa, ela a chamou para conversarem no sofá.

— Amiga, não sei o que acontece comigo. Estou sentindo uma angústia muito grande e inexplicável, junto com grande medo que não sei exatamente de onde vem. Já não aguento mais. Você sabe por que estou assim?

Telma, que já a observava fazia dias, fez breves momentos de silêncio e depois disse:

— Sei sim, e vou ser clara com você. Seu filho Elias "baixou a guarda" e a vigilância dos pensamentos, voltou a alimentar ideias depressivas e de culpa e, mesmo com a ajuda da irmã, está demonstrando desequilíbrio novamente.

Jéssica empalideceu.

— Então, essa é a razão da minha angústia. Se ele permanecer assim, logo Gabriel e meu pai irão interná-lo. Precisamos ir até lá com urgência e salvá-lo desse destino cruel.

— Talvez não seja possível, Jéssica. Você sabe como seu filho é comprometido com as leis divinas. Sabe também que ele poderia se perdoar pelo mal que fez aos outros e seguir sua evolução sem sofrer, mas parece que sua consciência, lá no íntimo de seu ser, não o perdoa. Se for assim, nada poderemos fazer a não ser aliviá-lo durante os instantes de sofrimento.

Jéssica começou a chorar baixinho.

— Se eu pudesse, tomaria o lugar dele. Elias é fraco, não vai resistir a uma internação.

— Se pudéssemos não deixaríamos os nossos amores sofrerem, contudo, devemos entender que, embora tenhamos laços de amor profundos uns com os outros, cada alma é única e terá de vivenciar suas próprias experiências a fim de alcançar a evolução. Muitas mães, ao verem seus filhos em sofrimento, pedem para ocupar o lugar deles. Isso é impossível, porque a evolução é um processo individual e intransferível.

— Mas, então, vamos lá aliviá-lo, pelo amor de Jesus!

— Jaime sabia de sua intenção e já autorizou. Podemos ir agora mesmo.

Ambas fizeram uma prece pedindo proteção espiritual e logo estavam na Terra.

Na grande sala de estar, Gabriel e Altino conversavam. O pastor mais velho dizia:

— Parece que o demônio voltou a atacar seu filho. Está apático, tendo pesadelos, falando novamente que está vendo gente morta.

— Infelizmente, isso é verdade. E o pior é que o diabo, através dele, poderá revelar nossos segredos.

Altino coçou o queixou dizendo:

— Dessa vez não haverá saída a não ser interná-lo.

Gabriel temia pela decisão do sogro.

— Não queria fazer isso. Durante o tempo em que ele ficou bem, Rute ficou muito apegada a ele, os dois vivem grudados. Se eu o internar, minha filha não irá me perdoar.

Altino, ao ouvir aquilo, alterou a voz: — E daí o que sua filha pensa? O que importa é que nossa família fique preservada de um escândalo, pois é isso que vai acontecer se Elias surtar novamente. Os demônios que o estão acompanhando dirão tudo que fazemos, e nossa igreja chegará ao fim.

Ao pensar que poderia perder toda sua vida de regalias e farras, Gabriel deu razão ao sogro.

— É verdade, infelizmente, se continuar assim, eu terei de enfrentar a ira de minha filha e interná-lo.

Não demorou muito tempo para que os dois começassem a ouvir barulhos vindos de cima. Parecia que muitas pessoas estavam quebrando objetos com fúria insana.

Sem pensar em mais nada, subiram as escadas correndo. Quando chegaram lá, encontraram Mônica, Rute e Conceição chorando, encostadas na porta do quarto de Elias.

Conceição suplicou:

– Arrombem essa porta! Elias teve um surto e está quebrando tudo lá dentro. Tenho medo que possa se ferir.

Gabriel, enérgico, deu vários chutes na porta e a colocou abaixo.

O que eles viram no interior do quarto aumentou-lhes o medo. Elias, olhos muito abertos, boca a salivar, gritava e quebrava o que havia sobrado do ambiente. Ao vê-los, riu muito.

– Estão vendo que não podem comigo? Sou o senhor absoluto desta casa e deste corpo.

Altino bradou com as mãos abertas em sua direção:

– Afasta-te daqui, demônio, deixe meu neto em paz em nome de Jesus Cristo, nosso Salvador.

O espírito que estava incorporado em Elias, por andar sempre na casa espreitando tudo, conhecia a baixa moral de Altino. Por isso disse:

– Eu acho é graça de você, seu velho safado e imoral. Não tem nenhuma autoridade para me tirar daqui. Quer que eu diga o que você e seu genro fazem para elas saberem?

Altino, nervoso, junto com Gabriel, partiu para cima de Elias e tentaram dominá-lo tapando sua boca.

A cena era deprimente, e Rute começou a orar em voz alta:

— Deus, nosso Pai, que sois todo poder e bondade, que o teu amor se derrame sobre este lar e sobre meu irmão Elias, libertando-o de todo o mal. Senhor! Permita que os anjos de luz afastem os inimigos que desejam destruir nossa paz, hoje e sempre. Que assim seja!

Assim que Rute concluiu a oração, Elias desmaiou nos braços do pai, que, assustado e sem compreender corretamente o que havia ocorrido, o levou para a cama.

Mônica, emocionada com a prece, tornou:

— Sua oração foi muito forte! O demônio o deixou em paz!

Altino a olhou desconfiado. Não ouvira bem as palavras proferidas no ato da prece, mas depois iria averiguar melhor.

Rute disse:

— É assim que devemos fazer. Sempre que ele tiver uma crise, se orarmos dessa maneira, ele será liberto.

Vendo que Elias ressonava na cama, Gabriel olhou para todos, dizendo com voz grave:

— Não temos outra saída. Dessa vez, precisamos internar Elias.

— Não! Pelo amor de Jesus! Não façam isso! — gritou Rute desesperada.

– Minha filha, entenda! Seu irmão precisa de tratamento médico. Não vê o que ele fez no quarto?

– O senhor mesmo não diz que é o diabo quem o atormenta? Então, ele não precisa de médicos, mas de orações.

O argumento era sensato e, vendo que Gabriel não estava conseguindo encontrar resposta à altura, Altino tornou:

– Não importa! Mesmo sendo o diabo, ele tem que tomar remédios para ficar dopado. Enquanto ele dorme sob o efeito do medicamento, o diabo não poderá agir. Então, se conforme, Rute, ele precisa ser internado ou da próxima vez poderá fazer algo contra si mesmo. Imagine se o demônio fizer com que ele se mate?

Rute tremeu por dentro. Não podia jamais revelar que estavam estudando a Doutrina Espírita, cujos livros ficavam muito bem escondidos. Mas o avô não deixava de ter certa razão.

Ela lera em um livro espírita sobre as doenças mentais, que muitas vezes, mesmo de origem obsessiva, o paciente precisa de tratamento psiquiátrico, pois a atuação do obsessor acaba por desequilibrar as substâncias químicas do cérebro, necessitando de uma medicação que as equilibre novamente.

Ela, durante todo aquele tempo, fez de tudo para que Elias não sucumbisse ao peso da angústia e do remorso, fazia com ele um tratamento quase psicológico. Mas, nos últimos tempos, vinha notando que ele não mais respondia ao "tratamento" como antes, deixava-se levar pela depressão, pela angústia e ficava por horas deitado na cama, sem querer sair ou estudar.

Aquela prostração vinha da culpa guardada no inconsciente, mas, em vez de Elias resistir com força, fazia questão de se entregar a ela. Era o livre-arbítrio atuando e deixando-o de portas abertas à invasão obsessiva de seus desafetos passados.

Elias, inconscientemente, estava se punindo pelos erros cometidos durante a Segunda Guerra Mundial, desnecessariamente, já que podia trabalhar seus enganos através da harmonização pelo amor.

Rute, embora concordasse com o avô, não disse nada e saiu do quarto correndo. Mônica a acompanhou, junto com dona Conceição.

Quando se viram a sós, Gabriel tornou:

— Até ela concordou com a internação, vamos providenciar logo.

— Ligue para a clínica nos Estados Unidos imediatamente.

Gabriel fez pequeno silêncio e tornou:
– Não acho prudente levá-lo para tão longe.
– Por quê?
– Não sei ao certo. Amo meu filho, tenho medo desses ataques que ele tem, quero vê-lo melhor, mas sinto um aperto no peito ao pensá-lo tão distante de nós.
– Você está amolecendo agora?
– Não, só quero o melhor para meu filho.
– E para onde pretende levá-lo?
– Para uma clínica psiquiátrica no interior de São Paulo. Pesquisei muito sobre esse tipo de clínica e descobri essa que é muito boa. Vamos levá--lo para lá.

Altino coçou o queixo desconfiado e questionou:
– E se ele fugir?
– Não vai acontecer isso. Vou levá-lo para essa clínica justamente porque lá eles têm métodos fortes e seguros para tratar seus pacientes. São métodos antigos, mas que curam com mais rapidez.
– Como assim?
– Lá o tratamento quase todo é à base de choques elétricos.

Altino assustou-se com a revelação:
– Eletrochoques? Mas esse método é muito antiquado, quase não se usa mais.

— Pode ser, mas eu li uma entrevista com a dona da clínica, em que ela afirmava ser esse o melhor método para a cura desses casos de loucura ou depressões severas.

Diz que esses remédios que dão demoram muito para fazer efeito e não curam totalmente. Sei que meu filho irá sofrer um pouco, mas é melhor que sofra e se cure, do que fazer tratamentos modernos e não obter resultados.

Altino meneou a cabeça positivamente.

— Você tem razão, aliás, como sempre. Fico muito feliz pelo Senhor ter colocado você como meu genro. Quando soar a hora de minha morte, dormirei o sono dos justos tranquilo, sabendo que você continuará aqui, guiando essa família com mãos de ferro.

Gabriel corou pelo elogio. Sabia que o sogro o adorava e era uma verdadeira marionete em suas mãos.

Assim decidido, comunicaram a todos da família.

Dona Conceição, embora temerosa e chorando muito, concordou com eles, principalmente porque Rute também havia concordado, temendo que, na próxima crise, seu irmão se suicidasse.

Ligaram imediatamente para a clínica e, em uma hora, os enfermeiros chegaram. O desmaio de Elias resultou num intenso sono e ele não resistiu em ser levado.

Quando a ambulância saiu, as mulheres caíram em pranto. Rute beijou a avó e a mãe e foi para o quarto orar.

A um canto da sala, chorando junto com as demais, estava Jéssica, temendo o que pudesse acontecer a seu filho naquela clínica sinistra. Mas como Telma dissera que não podiam intervir, limitou-se a orar, o que a acalmou muito.

Depois de um tempo, quando todos se recolheram, Telma pediu:

— Vamos voltar para a colônia? Por agora não temos muito o que fazer.

— Quero ir para a clínica e ficar próximo a Elias. Não poderei deixá-lo sozinho.

— Você não tem equilíbrio suficiente para ajudá-lo nesse estado. Posso garantir que Elias não está só. Mensageiros de Deus estão ao seu lado e o ajudarão. Pode confiar.

— Tenho pena! Tadinho!

— Também sinto compaixão, mas tudo na vida é escolha e precisamos respeitar as escolhas daqueles a quem amamos, mesmo que sejam escolhas que os façam sofrer. Um dia aprenderão que somente o amor cobre a multidão dos pecados. Vamos!

Jéssica, rendida pelas palavras sábias e meigas de sua mentora, deu-lhe a mão e logo desapareceram da sala.

A grande surpresa

Assim que chegou à clínica, a médica de plantão encaminhou Elias para a sala de eletrochoques.

Adormeceu Elias, que já havia acordado e não sabia onde estava.

Depois de vê-lo adormecido, começou a sessão.

Cada choque que tomava era sentido pelo seu espírito, que prosseguia desperto pouco acima do corpo físico.

Quando a sessão terminou e Elias foi levado para a enfermaria, fez menção de voltar para o corpo, mas recebeu um puxão forte, sem saber exatamente de quem, e caiu ao chão.

Olhou para quem o puxara e viu o espírito de um homem que mais parecia um mendigo, cujas roupas puídas, falhas na dentadura e cabelo desgrenhado traziam-lhe um aspecto assustador.

Elias sentiu medo.

– O que quer de mim? Preciso acordar.

– Se depender de mim, só acordará para a morte.

– Por favor, me deixe em paz!

O espírito sinistro gargalhou alto.

– Agora você pede paz? Mas não pensou na paz quando me dava choques iguaizinhos a esses que você está tomando, não lembra, Dr. Hans?

– Não lembro e não me chamo Dr. Hans.

– Agora se escondeu nesse corpo aí e diz se chamar Elias, mas nós sabemos que é você mesmo, o famoso Dr. Hans das experiências trevosas. Você me levou à morte, junto com muitas pessoas. A maioria já perdoou, mas eu e minha família não. Morremos de tanto eletrochoque que tomamos, e agora será sua vez de morrer da mesma forma.

Elias começou a chorar.

Não se lembrava daquela época, mas sentia que tudo que aquele espírito dizia era verdade.

– Perdoe-me, perdoe-me pelo amor de Deus.

Outra gargalhada sinistra ecoou no ar.

– Perdoar? Você quer perdão? É fácil matar e depois pedir perdão. Mas eu não te perdoo nem que se passem mil anos. Fui eu que vivi o tempo inteiro a seu lado fazendo você sentir culpa. Fui eu que te levava a ter crises e fui eu que inspirei seu querido papai a trazer você para cá. Enquanto ele procurava por clínicas psiquiátricas na *internet*, eu me aproximei e o fiz se interessar por esta. Não acha que fiz boa escolha?

– Eu sinto muito – Elias começou a chorar, sinceramente arrependido de tudo o que havia feito no passado longínquo.

– Chore, chore muito. Terá muito mais lágrimas de sangue a derramar de agora em diante.

Vendo que Elias, pela força da culpa, se entregava totalmente àquele castigo, o espírito vingativo rodopiava a seu redor, apertando sua cabeça com uma espécie de torniquete.

Até que um clarão surgiu no quarto e foi tomando forma.

Uma linda senhora, com vestes diáfanas, apareceu, olhou para o espírito e disse com muito carinho:

– Sua vingança acaba aqui, Arnold. Pode desistir de persegui-lo. A partir de agora, não mais conseguirá.

A luz que aquele espírito emanava era tão forte, que cegou temporariamente o espírito Arnold.

A superioridade moral daquele espírito também o impedia de gritar e blasfemar como era de sua vontade.

Ela continuou a dizer:

– Fui enviada pelos planos mais altos para dizer que a provação desse rapaz termina agora. A partir desse momento, devido a seu arrependimento sincero e desejo de mudança, os espíritos maiores, comandantes do nosso destino, deram o aval para sua libertação total.

Arnold, mesmo se sentindo paralisado, conseguiu balbuciar:

– Não é justo! Esse miserável fez muitos morrerem cheios de loucura e dor. Como Deus pode perdoá-lo?

– Deus nos ama, não importa o quanto erramos. Mas, para obtermos o perdão divino, precisamos, em primeiro lugar, nos perdoarmos. Deus habita dentro de nós. Assim sendo, quando nos perdoamos, é Deus agindo sobre nós, nos libertando de todos os nossos erros e culpas.

— Não é justo, ele tem que morrer, assim como me matou.

— A lei divina é de amor. Entendeu que, embora tenha de reparar os erros cometidos, poderá fazê-lo através do bem, do serviço ao próximo sofredor, na redenção pelo amor. Ele estará livre, não apenas de sua influência, mas da influência de todos os demais perseguidores que desejam destruí-lo. Não acha melhor perdoá-lo também e seguir em frente com sua evolução?

Arnold refletiu um pouco, porém não cedeu.

— Não perdoo nunca! Que vantagem eu terei em fazer isso?

— Vantagem não é propriamente a palavra, mas você ganharia muito tempo a favor de sua própria felicidade. Enquanto Elias estiver livre, evoluindo, refazendo seus erros pelo amor, você, que não perdoou, ficará preso às teias do ódio e, no futuro, atrairá uma reencarnação dolorosa, em que terá de viver com pessoas cruéis e déspotas, assim como são os seus pensamentos.

Ele zombou da Benfeitora Espiritual.

— Quer dizer que ele é o criminoso e sou eu que irei sofrer? Que lei injusta é essa?

— Não há injustiças na Lei de Deus. Quem perdoa liberta, quem não perdoa fica preso. Você já parou para pensar por que atraiu essa experiência tão dolorosa em sua última encarnação?

— Não atraí nada, eu fui uma vítima da maldade dos nazistas.

— E se eu lhe disser que não existem vítimas no universo?

— Está zoando comigo, é, dona?

— Não. Estou lhe dizendo que, se você passou por tanto sofrimento, foi porque atraiu devido às suas necessidades de aprendizagem. Não vê o Elias hoje? As pessoas não entendem como um jovem tão bonito, inteligente, sadio, esteja sofrendo tanto. Muitos podem pensar que ele seja uma vítima, mas você sabe que ele não é.

Arnold abriu a boca e fechou-a novamente, espantado com um pensamento que lhe viera à mente e disse:

— Quer dizer... Quer dizer que... Quer dizer que eu posso ter vivido essa situação porque fui mal e prejudiquei alguém na outra vida?

— É o mais provável. Por isso jamais diga que foi vítima, você foi o criador de tudo o que viveu. Aliás, Arnold, nós somos cem por cento responsáveis pelos nossos atos.

Arnold começou a chorar.

Aquela mulher que ele não conhecia, de quem nem ao menos sabia o nome, o tocara profundamente.

Não! Ele não queria ficar preso ao ódio.

Lembrou-se de Samurai, seu chefe. Samurai o encarregou de fazer Elias morrer de loucura; se não conseguisse o objetivo, seria castigado com o desterro. Teve medo.

— Senhora, eu não sei como se chama, mas desejo que me leve daqui. De repente, essa vingança perdeu todo o sentido. Elias melhorou, não posso mais atingi-lo, e se o Samurai descobrir isso, vai me castigar.

Quase não deu tempo de Arnold terminar a frase.

Vultos escuros foram surgindo no ambiente e tomaram forma. Eram espíritos vestidos de armaduras dos antigos guerreiros medievais.

Arnold, sabendo serem os encarregados de Samurai, encolheu-se todo num canto.

Os homens, sem nenhuma cerimônia, começaram a açoitá-lo com chicotes de ferro.

Elias, que não perdia uma cena, assustado, pediu com pena:

– A senhora não pode tirá-lo desse estado? Sofrerá muito.

– Infelizmente não posso. Arnold não se arrependeu de verdade. Apenas queria partir comigo com medo do que esses espíritos e seu chefe pudessem fazer. Um dia poderemos procurá-lo e ajudá-lo. Por enquanto, ele se condenou a sofrer para aprender que somente o perdão traz paz para a alma.

Eles interromperam a conversa ao verem os espíritos recolherem o corpo perispiritual de Arnold desmaiado e sumirem com ele chão adentro.

Uma lágrima de piedade escapou do olho esquerdo de Elias e de Ester, o espírito iluminado ali presente, que mais uma vez comprovou o quanto ele havia mudado, pois o menino chorava de compaixão pelo próprio obsessor.

– Você precisa voltar ao corpo e assumir sua vida. Sabe que terá de trabalhar a sua mediunidade no auxílio ao próximo sofredor, não sabe?

– Sei sim, senhora. Mas não vejo como. Minha família é evangélica e jamais irá aceitar isso.

– Em breve, algo ocorrerá em sua família que mudará o rumo dos acontecimentos. Aguarde e confie. Seu trabalho de redenção é árduo, demorado, mas muito bonito e dará muitos frutos, se você persistir.

Elias novamente chorava, agora de emoção.

– Como a senhora se chama? Parece-me familiar.

– Sou sua bisavó Ester.

– Minha bisavó? – tornou ele ainda mais emocionado, entregando-se a um longo abraço.

– Sim. Regressei ao mundo espiritual muito tempo antes de você nascer, mas pude acompanhar toda a família.

– A senhora também era evangélica?

– Não. Eu não possuía uma religião específica. Era espiritualista, acreditava na vida após a morte, na mediunidade e na reencarnação, isso facilitou muito minha chegada aqui no astral. Sofri pouco e logo me recuperei.

– Onde está minha mãe?

– Se encontra agora numa colônia descansando. Já despertou para as verdades eternas e está lutando para melhorar a cada dia.

– Posso vê-la?

– No momento não. Regresse ao corpo e logo você mostrará aos médicos sinais de melhora. Em breve, estará novamente em casa e poderá seguir sua vida sem tantos problemas.

Elias mais uma vez agradeceu à bisavó, que o conduziu ao corpo.

O perispírito encaixou-se no físico e o corpo dele mexeu-se um pouco.

Em prece, Ester agradeceu a Deus por mais aquela batalha vencida e esvaneceu-se no ar.

Jéssica relembra o passado

Naquela noite, com dificuldade em dormir, preocupada que estava com Elias, Jéssica finalmente adormeceu. Começou a sonhar. Estava num convento e era freira. Naquele momento, dirigia-se para o gabinete da madre superiora, que, com olhos severos, a cumprimentou:

— Santíssima noite, irmã Graça!

— Santíssima noite, madre Rita. Mandou chamar-me?

A madre levantou-se da cadeira, abriu uma das gavetas da enorme escrivaninha lavrada e pegou alguns papéis. Com a face ainda mais severa, mostrou-lhe os papéis com ódio. – Posso saber o que é isso?

Ela empalideceu de medo. Eram papéis dela. Nele ela escrevia ideias que tinha a respeito de Deus e da Igreja, mas só os mostrava à irmã Mônica. Por que ela a havia delatado?

A madre superiora continuou: – Não é preciso responder, eu mesma respondo. Isto aqui são escritos seus, heresias em forma de palavras que você, sob a influência do demônio, põe no papel.

– Madre, tenha piedade, apenas é minha forma de pensar... – conseguiu balbuciar.

– Cale-se! Aqui você afirma que o culto aos santos é um pecado, que o culto às imagens santas é contrário à lei do Senhor. Aqui você afirma que só devemos confessar nossos pecados a Deus, e o pior, que nós, os chefes da igreja, não temos nenhuma autoridade para perdoar pecados. Mas o pior está na última página: você diz claramente que o Papa é uma pessoa comum, que não é o representante de Deus na Terra. Acaso ficou louca?

Naquele momento uma força muito grande tomou conta da alma de irmã Graça, que disse sem rodeios:

– É no que acredito, madre. Eu sei que essas coisas são verdadeiras, e mostrava somente à irmã Mônica. Por que ela os entregou?

— Não foi ela quem me entregou, eu a surpreendi lendo. Forcei-a a me dizer quem era a autora desses textos pecaminosos. O que eu faço com você, sua endemoninhada? Vou entregá-la ao bispo, que lhe mandará encerrar para sempre nas celas de isolamento das Carmelitas. Pode ir embora!

— Madre, me ouça. Perdoe-me!

— Cale-se, filha de Belzebu. Tranque-se na sua cela e estarei com as chaves para que não saia e nem entre em contato com mais ninguém.

Ela saiu em direção à sua cela sendo acompanhada pela madre, que a trancou e saiu.

Em sua solidão, irmã Graça pensava chorando: "Por que serei punida só por falar a verdade? Minhas ideias não estão erradas, tenho certeza de que sou inspirada pelo Espírito Santo para escrever tudo que escrevo. Se todos seguissem essas orientações, a vida seria muito melhor! Por que será que ninguém entende que só Jesus Cristo é a salvação?"

Irmã Graça chorou muito a noite inteira.

Passados dois dias, alimentada apenas a pão e água, o bispo veio buscá-la. Antes de levá-la, a interrogou e ela apresentou as mesmas respostas dadas à madre superiora.

O bispo sentenciou:

— É uma ovelha que quer se perder com esse bando de arruaceiros protestantes. Está sendo enleada pelo satanás. Só o isolamento com as Carmelitas poderá salvá-la.

Irmã Graça não pôde mais dizer nada. Foi levada ao convento de Nossa Senhora do Carmelo e encerrada para sempre nas frias paredes de uma pequenina cela.

Ela não odiava nada nem ninguém, só sentia profunda tristeza por ter sido presa por expressar o que julgava ser a verdade.

Anos e anos se passaram. De tempos em tempos, as freiras voltavam a questioná-la, mas ela não abria mão de suas convicções. Até que um dia morrera envenenada.

Chegou ao astral triste e infeliz, e só ficou sabendo que fora envenenada por uma freira fanática, tempos depois.

Após muitos anos no astral, descobriu que, para Deus não existe a melhor religião. Todas elas têm uma função na Terra, e os espíritos reencarnam em uma ou em outra conforme as necessidades de aprendizagem. Aprendeu que a verdadeira religião é o amor fraterno, incondicional e desinteressado que o ser humano deve sentir um pelo outro.

Quando foi chamada a reencarnar, Telma, que já era sua protetora, disse-lhe:

– Você irá viver pouco tempo na Terra, mas o tempo que viver poderá se dedicar às ideias que tanto ama. Reencarnará numa família evangélica e poderá, não apenas aprender mais sobre essa crença, mas vivê-la no dia a dia.

— Estou muito feliz em saber disso. Não sinto raiva ou ódio pela Igreja Católica, mas não desejo mais fazer parte dela em nenhuma vida. Será que posso escolher isso?

— Pode sim, Graça, você é livre e, como sabe, para Deus não importa a religião, o que importa é ser bom e ter puro o coração.

— Mas você disse que viverei pouco tempo na Terra, por quê?

— Porque você vai apenas cumprir o tempo que ficou restando de sua última encarnação, que foi impedida de continuar por seu assassinato. Há também um programa a ser cumprido que o Alto lhe deseja designar: dar à luz a um espírito que foi muito iludido pela maldade e fez muita gente sofrer. É o Dr. Hans, antigo médico nazista que aceitou, na próxima reencarnação, ser médium e auxiliar o próximo sofredor, redimindo assim o próprio espírito. Muitas mulheres o rejeitariam pela simples aproximação de seu espírito, que é carregado de culpa e medo, mas você tem luz o suficiente para aceitá-lo sem sofrer. Quando cumprir o seu tempo, será libertada da matéria e regressará para este lado.

Irmã Graça estava emocionada pela possibilidade de ajudar uma pessoa a se regenerar e resgatar seu passado. Aceitou tudo e reencarnou.

O sonho seguiu com Jéssica relembrando seus primeiros anos de vida e a escolha de seu nome quando os pais ainda não eram evangélicos. Sua mãe, dona Conceição, gostava muito de revista de novelas e de moda, e um dia, quando já estava grávida, viu o nome "Jéssica" numa dessas revistas e disse ao marido que, se fosse menina, daria esse nome para o bebê. Altino, naquele tempo, não se importava e, então, Jéssica recebeu o nome escolhido pela mãe.

Viu sua infância, a transformação da família em evangélicos, seus primeiros passos nos conhecimentos bíblicos e a emoção que sentia ao ler as palavras de Jesus. Viu também o dia que conheceu Gabriel, emocionou-se com cenas de seu casamento e a chegada de Elias. Finalmente, reviu a cena do acidente e acordou emocionada, chorando muito.

Telma, que sabia o que estava acontecendo, bateu à porta de seu quarto, entrou e disse:

– Você se lembrou de tudo, não é?

– Sim, lembrei! Como pude esquecer?

– Você ainda não estava preparada para conhecer seu passado. Agora, depois de ter aceitado e amadurecido, ele veio espontaneamente à sua mente.

— Agora posso entender tudo o que aconteceu. A vida é realmente justa e sábia.

Telma exibiu um brilho nos olhos, fez silêncio durante alguns minutos, depois disse:

— Tenho uma surpresa para você. Há uma pessoa aí fora que só estava esperando você se relembrar do passado para vê-la.

— Quem é? – o coração de Jéssica sobressaltou-se.

Pela porta aberta, uma linda senhora surgiu e, Jéssica, ao vê-la, levantou-se da cama em um salto e, emocionada, correu para ela, abraçando-a e chorando de emoção.

— Vovó Ester! Que bom te ver de novo!

Ester também chorava de emoção.

— A emoção é grande para mim também, minha querida. Afinal, quando desencarnei, você estava mocinha e nós vivíamos grudadas.

— Eu te amava tanto, vovó! Sofri muito sua morte, achando que só no dia do juízo final é que reencontraria a senhora.

— O juízo final é nossa consciência. É o que julgamos e pensamos sobre nós mesmos. Aqui estou como prova disso.

— Foi a senhora quem pediu para me acordar. Como fui me enganar tanto?

Ester alisava seus cabelos com carinho.

— Você precisava dessa experiência. O subconsciente transforma em verdade tudo aquilo em que acreditamos, mas não era justo uma criatura, tão bondosa e doce como você, ficar dormindo e reencarnar sem poder escolher as próprias experiências. Por isso, supliquei a Jesus e fui atendida. Está vendo como foi bom acordar?

— Foi a melhor coisa que podia ter me acontecido. Muito obrigada, que Deus a abençoe!

As duas apertaram mais o abraço e Jéssica disse preocupada:

— Não consigo esquecer Elias. Ele está sofrendo muito, porque não aprendeu a se perdoar. Eu, como mãe, não posso ficar feliz vendo-o nesse estado. A senhora pode pedir a Jesus que o liberte?

— Jesus já o libertou, por isso vim logo hoje, no meio da madrugada, para vê-la e contar. O tempo de provação de Elias terminou. Finalmente, ele aprendeu que somente pelo caminho do amor, evoluímos de verdade. A partir de agora, estará livre para fazer o que quiser.

Jéssica ajoelhou e, de braços abertos, exclamou:

— Obrigada, grande Deus dos exércitos, Deus de Abraão, Isaac e Jacó. Obrigada, Jesus, nosso Senhor.

Telma e Ester emocionaram-se. Jéssica havia aprendido muito, mas não deixava de ser a boa evangélica que sempre fora. Continuava ainda mantendo muitas crenças. Mas aquilo não importava. O que de fato contava eram a bondade e o amor que a neta tinha no coração.

Após Jéssica se levantar, todas foram para a sala de estar tomar um delicioso chá, feito por Telma.

Jéssica perguntou à avó:

— Como Elias fará para exercer sua mediunidade? Meu pai e Gabriel jamais permitirão.

Ester entristeceu o semblante ao dizer:

— Infelizmente, meu filho Altino e seu genro Gabriel enveredaram por caminhos difíceis. A lei de causa e efeito agirá sobre eles, e em breve grande transformação ocorrerá naquela casa, permitindo que Elias seja o bom espírita e o bom médium que escolheu ser. Vamos confiar em Deus.

— O que vai acontecer com eles?

— Não vamos nos preocupar com isso agora. Vamos guardar no coração a certeza de que Deus é justo, bom e soberanamente sábio. Tudo o que Ele faz é certo e sua justiça não falha, dando sempre a cada um segundo suas obras. Além do mais, aconteça o que acontecer, ninguém neste mundo está sozinho, pois a bondade de Deus jamais permite que alguém fique abandonado.

Uma doce sensação de paz tomou conta do coração de Jéssica, que disse:

– Senti vontade de orar. Me acompanham?

As duas menearam a cabeça positivamente e, emocionadas, acompanharam Jéssica numa linda prece de confiança e louvor a Deus.

Somente quando o dia estava clareando, foi que Ester se despediu, prometendo que, ao retornar, levaria Jéssica para viver com ela na dimensão onde residia.

Seu delicado perfume ficou no ar, espalhando doce sensação de paz no ambiente.

Epílogo

Um ano após a libertação de Elias, uma tragédia de grandes dimensões assolou a família de Jéssica.

De volta de uma viagem de orgias, o carro luxuoso de Altino, com Gabriel ao volante, colidiu com outro veículo que vinha em alta velocidade na contramão, e capotou três vezes, caindo barranco abaixo e provocando uma grave explosão que carbonizou seus corpos, levando-os à desencarnação imediatamente.

O acidente provocou grave reação de dor e desespero em toda família.

Dona Conceição não parava de chorar, lamentando a perda do marido que tanto amava, apesar dos defeitos. Mônica, que possuía mais fé, foi forte, auxiliando a todos com palavras de encorajamento e conforto.

Mas o maior golpe para a família veio pouco tempo depois. A polícia técnica, ao investigar o acidente, descobriu que Gabriel e Altino voltavam de um luxuoso bordel, localizado na capital da Bahia, quando ocorreu a colisão.

Aquela revelação chocou a todos. Altino e Gabriel haviam viajado afirmando pregar na congregação que tinham em Salvador. Ninguém sequer poderia imaginar que eles estivessem envolvidos em prostituição e orgia avassaladora.

Os familiares, chocados com aquela informação, começaram a perder a fé na religião evangélica.

Os fatos chegaram até os jornais e os membros da igreja. Os verdadeiramente fiéis, desiludidos, aos poucos, foram deixando as igrejas. Alguns procuraram outros templos, outros se tornaram ateus e os mais espertos, os falsos religiosos, acabaram por assumir o lugar dos antigos líderes. Afirmavam que o demônio havia tomado conta de Altino e Gabriel por um momento e, só por isso, não poderiam se tornar apóstatas da fé. Aquela pregação convenceu os mais distraídos, que continuaram a seguir outros líderes, tão corruptos quanto os antigos.

Na mansão a vida mudou. Rute, que muito havia consolado a todos diante dos graves fatos, mostrou-lhes a Doutrina Espírita.

A beleza dessa filosofia, as explicações claras e racionais, os resultados positivos que conseguiram com o equilíbrio de Elias, acabou por convencer a todos a segui-la.

Elias, muito feliz, procurou um centro espírita, equilibrou a mediunidade e logo passou a trabalhar pelo próximo. Primeiro no passe de cura, depois nas reuniões mediúnicas, servindo de canal para aliviar todos os desencarnados que passavam por perturbações ou obsediavam as pessoas na Terra.

Sua mediunidade educada, aliada à sua irrepreensível conduta moral, passou a produzir frutos maravilhosos, e Elias acabou por se tornar um dos mais conhecidos e procurados médiuns de cura do país.

Contudo, o exercício da mediunidade ia além das práticas na casa espírita. Demonstrada no dia a dia, no exercício exemplar de filho e irmão que busca compreender e ajudar, no círculo social, Elias apresentava sempre uma conduta louvável, digna de um verdadeiro cristão.

Finalmente, a programação estava se cumprindo, e o plano espiritual, feliz, vibrava com aquele progresso.

***

Jéssica, Telma e Jaime estavam mais uma vez em frente ao lago onde espíritos de religiosos sofriam o peso de suas culpas, chorando e gemendo.

Aquela viagem em comitiva somente foi possível graças ao pedido insistente de Jéssica, que desejava a todo custo tirar o pai e o ex-marido dali.

Mesmo sabendo que provavelmente não teriam êxito, eles estavam lá para tentar.

Os holofotes giraram e os rostos enlameados de dor e sofrimento de Gabriel e Altino foram mostrados.

Altino gritou:

– Tirem-me daqui! Eu e meu genro sofremos um acidente e caímos nessa lagoa fétida. Até hoje ninguém nos encontrou. Temos uma família para cuidar, templos religiosos para dirigir. Nos ajudem, rápido!

Jaime olhou para Jéssica e disse:

– Como vê, eles não têm condições de serem ajudados ainda. É preciso paciência.

– Mesmo que eu me apresente para eles?

– Tente e veja por si mesma.

Um holofote clareou Jéssica e eles a viram. Jéssica olhou-os com amor.

— Pai! Gabriel! Arrependam-se de tudo que fizeram. Só assim poderão sair daí e seguir conosco. Venham, Deus sempre perdoa àquele que se arrepende.

Gabriel e Altino demoraram a reconhecer Jéssica, mas após alguns minutos vendo sua iluminada figura, bradaram juntos em uníssono:

— Jéssica? É você mesmo?

— Sim, pai. Sou eu, vim buscá-lo, mas só poderá sair daí se o senhor se arrepender do fundo de seu coração. Isso vale para você também, Gabriel. Arrependam-se e meus amigos os levarão.

Altino pensou por alguns minutos, mas logo depois, soltou um grito de horror:

— Está repreendido em nome de Jesus, satanás! Tomou a imagem de minha filha morta para me enganar. Afasta-te, demônio.

— Sou eu, pai, estou viva! A morte não existe!

— Saia, Belzebu, príncipe dos demônios — dessa vez foi Gabriel quem gritou. — Preferimos ficar aqui a seguir com vocês para a perdição.

Dizendo isso, ambos mergulharam na lama e sumiram.

Jéssica, com lágrimas a rolar de sua face, foi abraçada por Telma.

– Vamos, eles ainda não estão preparados. Mas a bondade divina vai permitir que nós venhamos aqui outras vezes.

Rendida à própria impotência, Jéssica seguiu com o grupo.

De volta à sua casa na colônia, já refeita, foi ter com Jaime na sala em que a esperava, juntamente com Telma.

– E, então, já decidiu mesmo? – Jaime perguntou.

Os olhos dela brilharam de felicidade ao dizer:

– Sim, já decidi. Continuarei a ser evangélica, mas estudarei cada vez mais sobre o espírito imortal.

Telma abraçou-a com emoção.

– Ninguém deixa de ser o que é só porque desencarna e descobre mais parcelas da verdade. Você mesma, com todo conhecimento que adquiriu aqui, continua sendo evangélica.

– Sim! Mas a igreja que irei fundar, embora com a moral evangélica, falará sobre reencarnação, lei de causa e efeito, vida após a morte e mediunidade. Posso ainda me considerar evangélica, mas quando nossa mente se abre para as verdades do universo, não há mais como voltar atrás. Como você mesma disse, Telma, não existe retrocesso na evolução. Até o dia em que minha avó vier me buscar para morar com ela, ficarei firme ensinando a todos que, não importa a religião que cada um abrace, porque o amor e o respeito que temos pelos outros, pela vida, por Deus e por nós mesmos é o que importa.

Telma sorriu feliz.

– É isso mesmo, minha querida. A melhor religião sempre foi e será o amor.

Jaime juntou-se a elas num abraço fraterno, e perceberam que a um canto da sala estava Ester, alegre, irradiando energias de paz e harmonia para todos, principalmente para que a neta querida prosseguisse no caminho do bem maior.

FIM

Ninguém domina o coração
Maurício de Castro pelo espírito *Saulo*

 A ingênua Luciana vive na mansão dos Gouveia Brandão onde a mãe trabalha como empregada. A linda jovem é perdidamente apaixonada pelo rico herdeiro Fabiano. O clima reinante na residência era de felicidade, até a chegada de Laís, mulher jovem, fútil e muito má.

O preço de uma escolha
Maurício de Castro pelo espírito *Hermes*

Uma trama repleta de suspense, com ensinamentos espirituais que vão nos ajudar, no decorrer de nossa vida, a fazermos escolhas certas sem prejuízo ao semelhante.

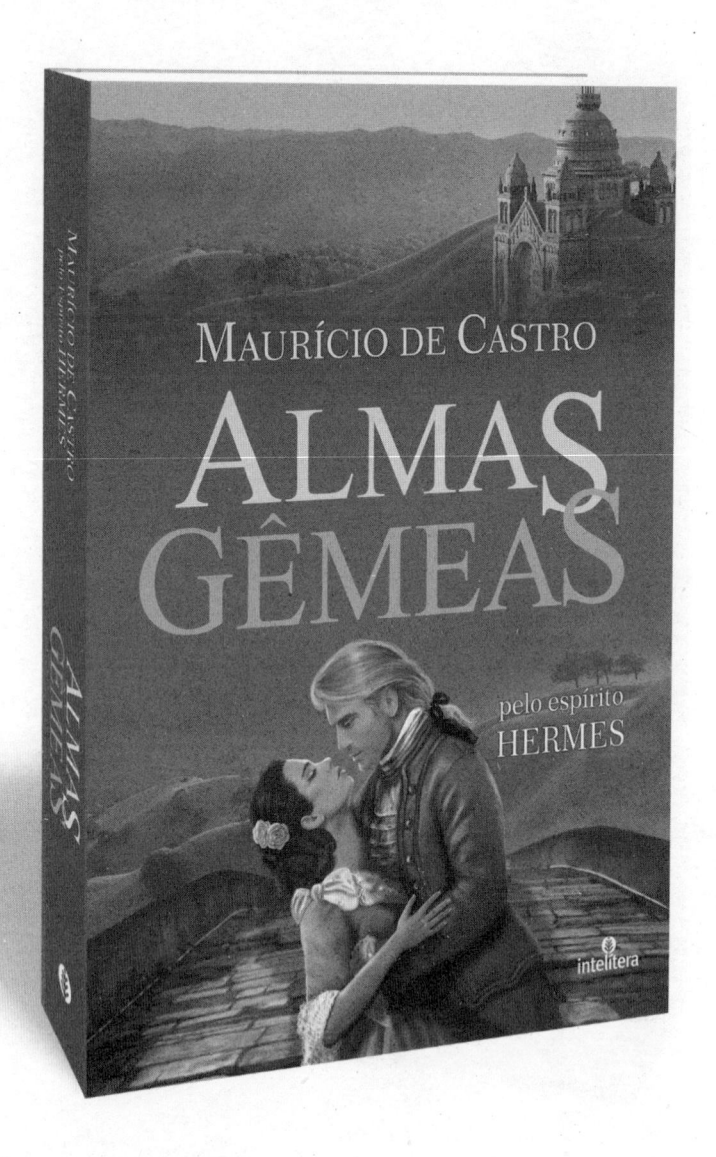

Almas Gêmeas
Maurício de Castro pelo espírito *Hermes*

Este maravilhoso romance traz um verdadeiro encontro de almas afins que se reconheceram no primeiro olhar e enfrentaram todas as leis humanas e sociais para fazerem valer o profundo amor, sem pensar nas consequências...

Estava escrito

Maurício de Castro pelo espírito *Hermes*

Nesse magnífico romance, que traz à tona temas fortes, polêmicos, dramas intensos e muitos ensinamentos espirituais, você se envolverá em um eletrizante enigma e junto com Helena tentará descobrir quem é o verdadeiro assassino.

A Cabana da Solidão
Antonio Demarchi pelo espírito Augusto César

Francisca soube amar, compreender, perdoar e renunciar a tudo na vida para resgatar espíritos muito queridos que lhe eram caros ao coração. Adentre essa cabana e descubra o que um coração que ama de verdade é capaz.

O Violinista de Veneza
Roberto Cabral

Romance surpreendente e emocionante, relata estranhos fenômenos que ocorreram na Europa no século XIX. Uma linda história de amor nos tempos do nascimento do Espiritismo.

Para receber informações sobre nossos lançamentos, títulos e autores, bem como enviar seus comentários, utilize nossas mídias:

intelitera.com.br
@ atendimento@intelitera.com.br
▶ intelitera
◉ intelitera
ⓕ intelitera

◉ mauriciodecastro80
ⓕ mauricio.decastro.50

Esta edição foi impressa pela Lis Gráfica e Editora no formato 160 x 230mm. Os papéis utilizados foram o papel Snowbright 60g/m² para o miolo e o papel Cartão Supremo 250g/m² para a capa. O texto principal foi composto com a fonte Sabon LT Std 13/19 e os títulos com a fonte Snell Roundhand 28/35.